シニアの性シリーズ

SM嬢の懺悔《ざんげ》なき実録

―V《ヴァギナ》に咲いた胡蝶蘭の花―

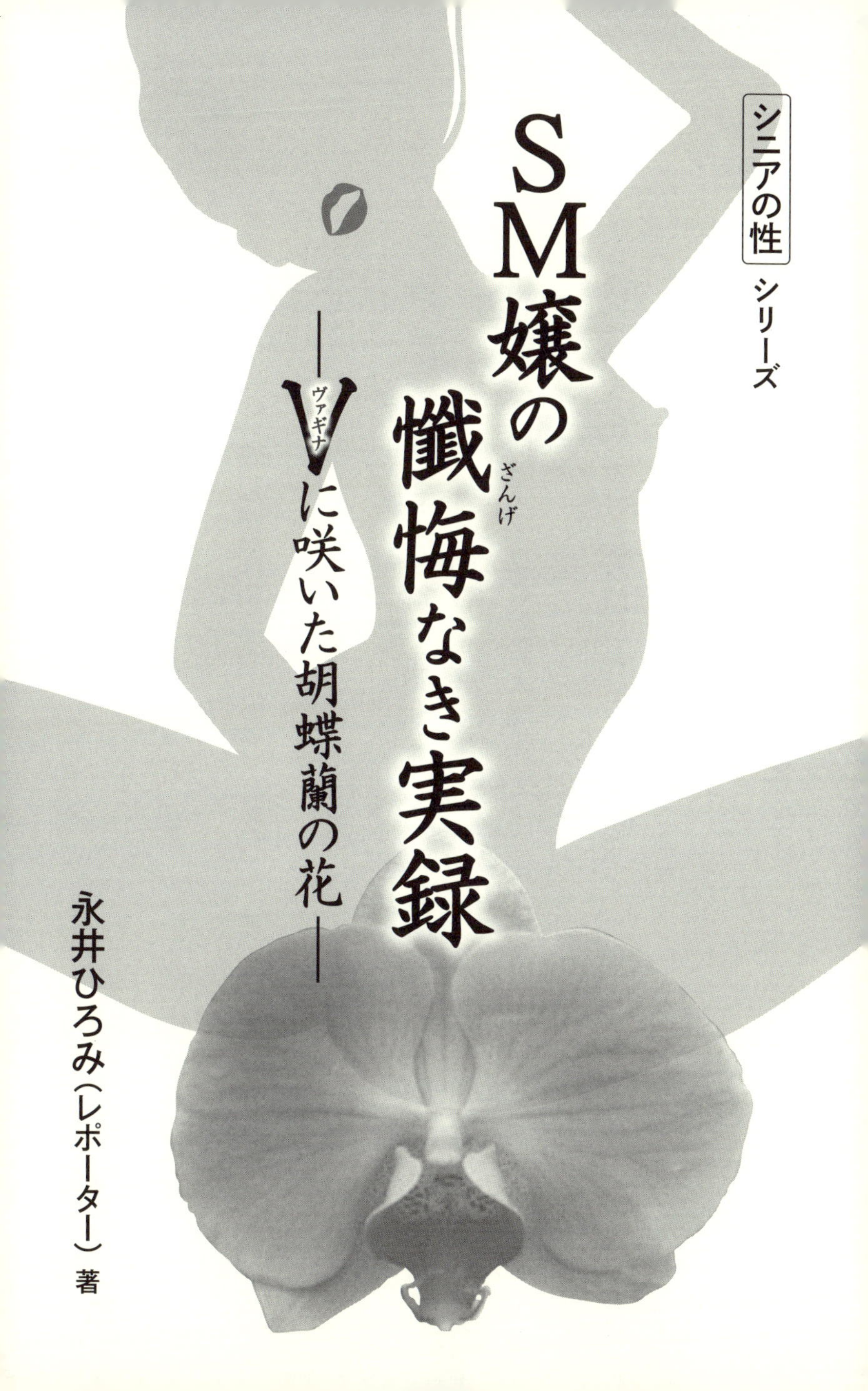

永井ひろみ（レポーター）著

シニアの性 シリーズ

SM嬢の懺悔なき実録 ―V《ヴァギナ》に咲いた胡蝶蘭の花―

目次

目次

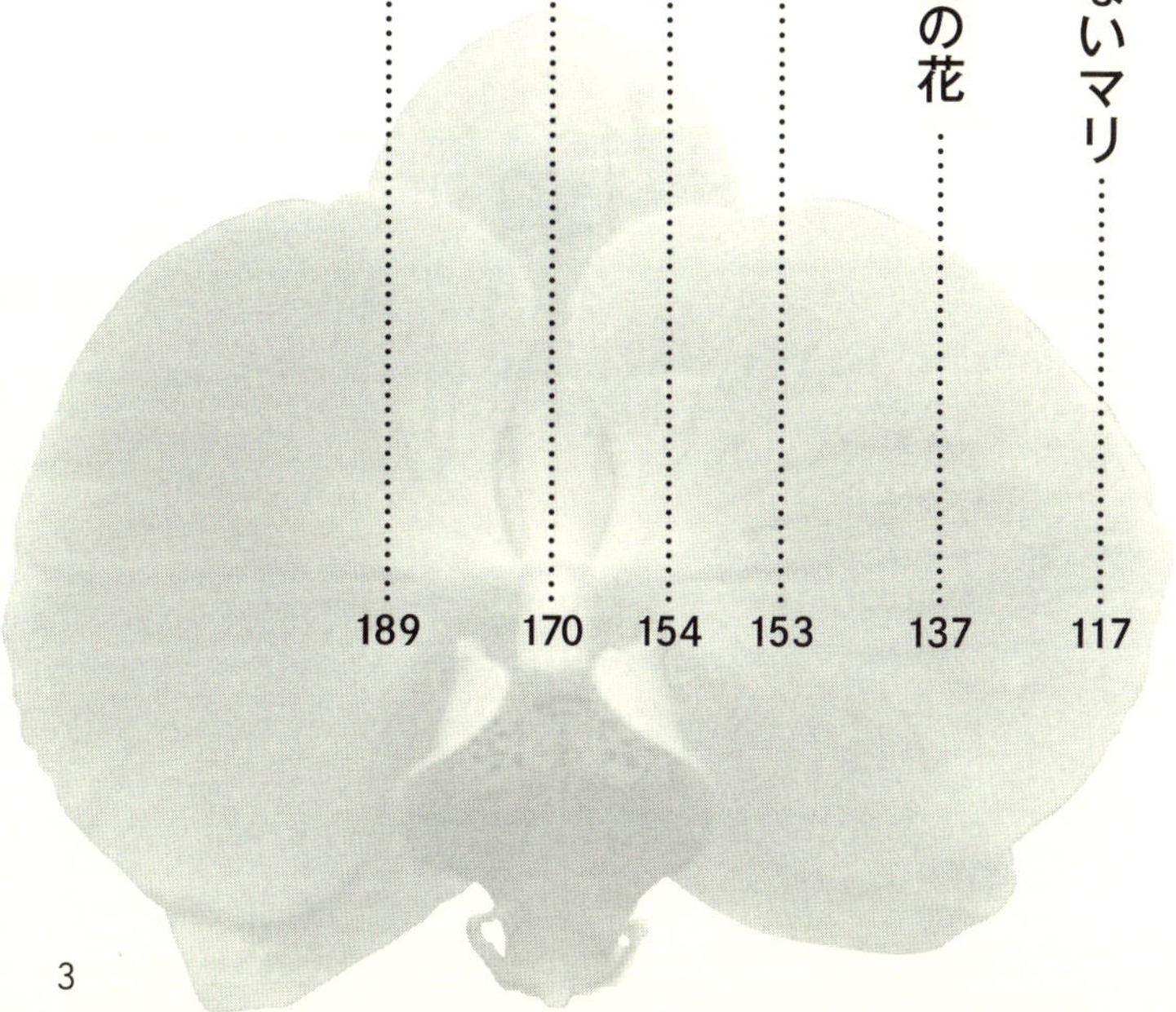

本書の執筆にあたって

この実録は、つい4年前まで、プロのSM嬢として働いていたマリと彼女の客として知り合ったばかりの坂井氏と、いわゆるSMクラブとは直接的には関係ないが、SMのAV女優としてショウに出演したり、SMのDVDに出演しているチコとその友人の1人に登場してもらい、私がインタビューをしてまとめたものである。

私と坂井氏とは仕事の関係もあり、また友人としても長い付き合いがあったが、彼にSMの趣向があることを知ったのはごく最近のことで、たまたま先日、久し振りに仕事の関係者ばかりの飲み会で隣り合わせ、酒を呑み交わしている席で知ったことである。

坂井氏はSM嬢のマリが1昨年の12月末日をもってプロのSM業界をリタイアすると聞かされ、まだ知り合ったばかりであったが、彼女の電話とメールアドレスを聞き出し、リタイア後も付き合ってくれるとの約束を取り付けたらしい。坂井氏は偶然にも自分だけが、それを教えてもらった唯一の客だと思い込んでいたのだが、実際にはマリが関係した客のほとんどに教えていたらしいことが後で分った。

それはマリの意向ではなく、SMクラブの営業方針によるものであることも後で分ったのである。つまり、一度でも関係した客からは携帯電話の番号とメールアドレスを聞き出し、後日、自分から電話なりメールをして客として呼びこめ、という店の営業方針であったらしい。

その代わり自分の電話番号も、メールアドレスも教えるのが交換条件としては当然である。そして暫く客から指名がないと、ＳＭ嬢のほうからメールなどをして、会うための日時や場所を約束していたという。しかし、まともなＳＭクラブでは決して客に自分の電話やメールアドレスを教えたり、個人的に会ったりしてはならないと厳しく言われているらしい。その理由の一つとしては店を通さずに会ったりしていると、何か事件に捲き込まれたとき、店側にとっても不利になったりＳＭ嬢を守ることができないし、ＳＭ嬢が休みの日などに個人的に客と関係したりすると、店側の利益もなくなってしまうなどの理由かららしい。

もともとＳＭクラブというのはＳＭプレイをするだけではなく、最後にはＳＭ客とセックスの関係を持つ、いわば売春行為になるので、慎重になるらしい。従って、初めての客から電話があった時は、かなり神経質になり、プレイをした後の肉体関係を要求されても表面的には一旦はお断りするふりなどもするらしい。売春行為は現行犯でなければ逮捕できないので、客のほうがそれでも強引に迫ってくるような場合は、警察関係者ではないものと判断した場合に限り、仕方なく要求に応じるふりをしているらしい。従って、同じ客が2度目にもなると前回のＳＭ嬢を指名したり、別のＳＭ嬢を要求したりしてきても警察の関係者ではないものとみなし、店側としては安心できるのでセックスは当然のものとして受け入れているという。仮に警察沙汰になったとしても、店側はＳＭ嬢が自分から客を呼びこんで、売春行為をしたのであって店側としては、そのような行為はしてはならないと厳重に申し渡してある——として、逃げ切るつもりらしい。しかも、プレイ料金はホテルで客と会うなり事前に支払っており、セックスの代金はすでにその中に含まれているので、別途に代金を請求されることはないという。

ところで、ＳＭ業界を引退しても、携帯電話の電話番号やメールアドレスを変えずにそのままにしておけば現役時代の客からの要望があった時、その気になればいつでもＳＭ式のセックスバイトができる。そして所属事務所を通さなければ正規の料金をそっくりそのままか、悪くてもその半額は稼げる。しかも店の都合に振り回されることもなく、自分と客との都合でどうにでもなるのだ。まして、半額でも良い、と言った場合は、今まで月に1回だった客が2回は関係を持つこともできるので歓ばれる。

そして関係した後は、以前のように慌しく店に戻るなり、次の客と出会うために指定された他のホテルに駆けつけるなどしなくても、ゆっくりできるし、プレイの後、客と2人で食事に行って楽しむこともできる。また気の合う好きな客となら温泉旅行に行ったりして色々と楽しむことも可能である。

坂井氏は当初、自分だけが電話やメールアドレスを教えてもらったものとばかり思い込んでいたのだが、実はそうではなく、ほとんどの客に教えていたことを後で知り、ショックを受けたようだ。

マリがSM業界をリタイアした翌月から坂井氏は彼女に毎月30万円のお小遣いを前金で上げる約束をしていたらしい。そして毎週最低1回は会って親密なデートをしていたという。そんなある日、私は久し振りに坂井氏と料理屋で会い、マリについて色々な話を聞くことができた。

私は坂井氏の話を聞いているうちに、マリに一度会ってみたいと思うようになり、その旨を申し込んだところ坂井氏は「マリさえよければいいですよ」とのことで翌週末の夜、料理屋で会ったのである。私はいま話題のSM女優〝壇蜜〟のような妖しい感じの女性を想像していたのだが、実際に会った瞬間、私は思わず言葉を失ってしまった。あまりに端正で美しく上品な顔、澄んだ瞳、鼻すじの通った知性美溢れる穏やかな表情に惹き込まれてしまったのだ。歳は現役時代に38歳と偽っていたらしいが、実際は中年の45歳。ＳＭ生活10年のキャリアにしては、まだ十分にいける顔つきである。

本来、ＳＭ嬢といえば、ややふくよかな体つきをしているものと思っていたのだが、あまりにも華奢《きゃしゃ》な体つきに思わず自分の目を疑ってしまったほどである。こんな華奢《きゃしゃ》な体によくもムチを打たれ、麻縄で縛り上げられ、吊されたり、ローソクの火を浴びせられたりしたものだ——しかも、一度もコンドームを使うこともなく毎日平均３人もの客と10年間もの間、性交渉を持っていたとはとても信じられなかった、と坂井氏の弁。

私は一息入れてから自己紹介をし、持参した携帯用のボイスレコーダーに会話の全てを録音することの了解を得たのである。それから約5時間に亘ってマリからＳＭ時代の生々しい話を聞かされたのである。本来なら彼女の口から「懺悔《ざんげ》」とも言うべき反省や後悔の言葉が聞けるものと思っていたのであるが、マリの静かで淡々とした話しぶりからは、それらしきものを伺うことはなく、むしろ10年間にも亘る長いＳＭ時代を回想しつつ、その当時を耽溺していたかのような話ぶりが印象的であった。

レポーター　永井ひろみ

２０１６年７月吉日

第1章 有名女子大卒でプロのＳＭ嬢に

桑原マリ（以下マリと称する）は〝良妻賢母〟を育成することで有名な女子大学を卒業してから暫く某出版社のバイトで得た金をもって1年間、ロンドンに留学した。

彼女の中学、高校での成績はトップクラスであったらしい。大学時代は少々怠けていたようだが、無事卒業できただけでも良かったと話していた。帰国後も色々なアルバイトをしていたようだが、あまり稼ぎは良くなかったらしい。その頃、たまたま知り合った行きずりの男と関係し妊娠してしまったという。そのため丁度、それと前後して、結婚を前提として付き合っていた別の男性と慌しく結婚し、結婚した旦那の児として女児を出産したという。ところが今のご主人は、今でもその子が自分の娘だと信じているらしい。

しかし、そのご主人とはあまりうまくいかず数年後には別居してしまったらしい。夫は平素の生活の中では特にこれといって問題はなかったようだが、酒を飲むと暴れたり、暴力をふるうようだった。（そもそもＳＭプレイそのものが一方的な暴力行為なのだから、却って快感が得られるのではないかと思ったのだが、ＳＭプレイと夫婦関係の中で、日常的に行われている暴力はプレイとしての暴力ではなく、酒を呑んで酔っ払って殴る、蹴るなど感情的なもので、質が全く違っているので、ＳＭプレイとは基本的に違うという）

ところが別居したとはいえ、離婚したわけではなく、今日まで籍が入ったまま、15年間もの間、別居したままの生活であったようだ。但し、ご主人からは毎月10万円ほど振り込まれており、それは家賃に充てていたようだ。

彼女はもともと良家の娘で父親はそこそこ実績のある会社を経営するオーナー社長で、自宅は都内の某所に建てられた高級住宅であったとか。

ところがマリが夫と別居して間もなく、父親は52歳の若さで癌で亡くなってしまい、会社も第三者の手に渡り、収入は唯一、母親からの僅かな援助と自分のアルバイト代で何とか賄っていたという。そのため乳飲み子の娘と自分の生活を維持するだけでもかなり厳しかったようである。

そんなある日、マリは思いもよらない若い男性との出会いがあり、関係を持つようになったらしい。その彼は8歳も年下のサラリーマンだったが、すっかり心を奪われてしまったようだ。娘の子育てとバイトに明け暮れる毎日であったが、週に1回の若い彼氏との逢瀬はそんな苦労をも忘れさせてくれる癒しのひとときでもあったようだ。

彼は大人しくて、優しく彼女をねぎらってくれたようだ。デートの時の食事代やホテル代などは全て彼が負担してくれたらしい。その頃、マリの娘は既に小学校の2年生にもなり、手のあまりかからない出来の良い子であったようだ。マリはもう少し金になる仕事はないかと、あれこれ探していたようだ。しかし、大学を出たとはいえ、特に何か資格があるわけでもなく、またこれといった特技もないので、もし、やれるとしたらスナックかクラブのホステスぐらいしかなく、それでも月に25万か、うまくいっても30万ぐらいしか稼げないことも分った。本来なら、それでも十分のはずだが、母親が体調を崩し働けなくなってしまったため、今度は自分が母親の面倒も看なければいけなくなってしまったのである。

たまたま本屋に立ち寄っていろいろと本を漁っていた時、ふと目にしたSM系の雑誌を目にし、手に取って頁をめくっているうちに、すっかりその雑誌の中の写真にのめり込んでしまったようだ。裸にされ、麻縄で縛られ、ローソクの火を垂らされていたり、浣腸をされたり、天井に吊されたりしている写真の女性を見て、それを自分と重ね合わせて自分が犯されているような錯覚に陥ってしまったようだ。それを見て怖くなったのではなく、逆に快感すら感じ、陶酔しつつある自分に「ハッ」となって思わずその本を閉じてしまったという。自宅に戻りインターネットでSMクラブをいくつか調べてその中の一軒に電話をしてみたらしい。

そして「私はSMに関して興味はあるのですが、未経験者でも働けるでしょうか?」「収入は月にいくら位頂けますか?」などと質問したという。店の男性店員は「色々と詳しく説明しますので、ぜひ、面接だけでも受けてほしい」と言ったらしい。マリはその数日後、某ＳＭクラブを尋ねたのである。

　そこでは30歳前後の男が色々と説明をし、ＳＭ道具は店のほうで用意してあげるがそれは自分で買い取らなければいけないとか、週4日は働いてもらいたいとか、出勤時間は午後の1時から深夜までであるとか、1日に約3人ぐらいの客をこなさなければならないとか、客の指定するホテルの部屋を訪ね、客の好みのいかなるプレイにも余ほどのことがない限り応じなければならないとか、プレイの時間は客の希望により2時間、3時間、時にはオールナイトと、メニューはまちまちであるとか、そしてプレイ料金の半分が所属する店側の取り分で、残りの半分がＳＭ嬢の取り分であるとか、また原則としてセックスは法律で禁じられているが、客の大部分は最後にはセックスを求めるので、強制はしないが、応じるしかないだろうとか、そのためには妊娠しないようにピルを使うなり、ＩＵＤ（避妊リング）を装着するとかしなければ、後々自分が困るだろうとか、色々と説明を受けたようである。

　最終的にはセックスに応じなければならないということは予め分かってはいたが、今の自分には贅沢を言っている場合ではないと観念するしかなかったようである。「分かりました」と言って帰り際に「私には子供がいるので出来れば遅くても12時までには帰らなくてはならないので、オールナイトなんかはできませんがいいでしょうか?」と言ったところ、「分かった、それでも構わない」ということで、次の週から勤務することになったらしい。

そこで、早速、次の日に女医さんのいる婦人科に行ってＩＵＤを装着してもらったらしい。客のほとんどはコンドームの使用を嫌うので生出しを受け入れるしかなかったようである。でも1回のプレイが平均2~3時間として5万から7万円になり、その半分が自分の収入になるので、週に4日働くだけでも週給は約30万円、生理期間中は休むので、何だかんだで月収は平均約１００万円ぐらいは稼げるだろうと分かったので、何となく嬉しくなったようである。

そもそもＳＭクラブとは何か? サド・マゾなどＳＭの性癖がある人たちがクラブを作ってお互いにＳＭプレイを楽しんだり、観賞したりするのもＳＭクラブであるが、実際にはＳＭをショウとして観せたり、ＤＶＤやＳＭ雑誌に載せたりするために撮影したりもする。

もともとＳＭというのは単なるサディストやマゾヒストの変態ともいえるプレイであると同時に、最終的にはセックスの悦びを最大限にエンジョイするための創意と工夫から生まれたセックスのための少々荒っぽい前戯である。従って、ＤＶＤや雑誌では最後にはセックスの本番をしているものがほとんどである。

それに対して、一般的にＳＭ嬢を募集しているＳＭクラブというのは客の要望に応じてその客の指定するホテルを訪ね、そこで客の好みのプレイに応じ、何でも言いなりになることであり、最終的にはセックスをするのが仕事である。客からクラブに電話がかかってくると指名客でない限り、ＳＭ嬢が客を選ぶ権利はない。その客が誰か、何歳ぐらいの人か、怖い人か、不潔で汚い人か、臭い人か、性病にかかっている人か、どんなプレイを好み、どんなことをしたいのか分からず、とにかく、客の指定したホテルの部屋を訪ねるしかないのだ。そして部屋に入ったら、客に言われることに何一つ文句も言えず、逆らわず、されるがままにしなければならないのが仕事である。

そして、部屋に入るなり、自分の源氏名を名のり、先にプレイの代金を受け取ると、すぐに真裸になり、何を言われようと、客のなすがままにしなければならないのが仕事である。そして、プレイの最中であろうが、終わった後であろうが、客の要求通りの方法でセックスに応じなければならないのである。

こんなことは一般の女性から見たら、レイプされるようなものであり、恐怖そのものであるが、ＳＭ嬢にとっては、それがむしろ快感となるらしい。初対面の客であるから、何を考えているのか、何をどのようにしたいのか分からないが、これから未知の世界に入るわけであるから興味と好奇心でドキドキするらしい。ＳＭ嬢の世界が好きであるからこそ10年間もの間、延べにして約5､000人もの男たちに全身をいたぶられ、股間を貫かれながらも快感を得て、それなりに満足してきたのである。

マリが勤務開始の初日、初めての客が指定してきたホテルは麻布のＳＭ専門のホテルの客からであった。まだ一度も行ったことのないＳＭ専門のホテルとは、部屋の中がどうなっているのか、どんな部屋でどんな設備や小道具がおいてあるのか？　不安と期待で胸が一杯になっていたようだ。そして、お客の顔も年齢も職業も何もかも分からず指定された部屋を訪ねたのだ。マリは部屋に入るなり「初めまして、私はマリと申します」と名乗ったのである。そして最初に先ずお店に電話をし、「お客様とお会いしました」と告げる。つまり、電話をした時点から最初に約束した時間内に終えなければならないのである。

プレイを始める前に、先ずプレイ料金をお客から受け取り、その客の前で金を数えるのである。「確かに……ありがとうございます」と告げる。そして次に自分が持参したＳＭの小道具をひと通り並べて見せるのだ。客がその中のどんな小道具に興味を示すかによってもプレイの内容や順番が決まってくる。ＳＭ嬢はそんな時も決して椅子やソファーには座らず、床の上に正座して客の指示を待つのだ。

またホテルの部屋に置いてあるスリッパなどは履いてはならないし、客用として部屋に備えられている浴衣やバスローブなど、女奴隷の分際で着用などしてはならない。自分の脱いだ衣服などは、きちんとたたんで部屋の隅の床の上に置かなければならないし、湯上りにバスタオルなど使用することなどなく、小さなタオルで身体全体を拭くしかないのだ。

決してご主人様とは常に同等、同格であってはならないのだ。それがＳＭの女奴隷のマナーであり宿命でもある。間違っても自分勝手にトイレに入るなど、許されることではない。「お風呂はどういたしましょうか？」と訊く。中には「そのまま裸になれ！風呂なんて後でいい」という客もいる。とにかく、間違ってもご主人様に逆らってはいけないし、言われる通りにしなければならないし、ご機嫌を損ねるようなことがあってはならない。何でも言われたとおりにするのがＳＭ嬢の立場なのだ。

一緒にお風呂場に入ったら、まず、ご主人様の体にシャワーをかけてあげ、手に石けんをつけたら全身を軽く手で洗ってさしあげる。最後にご主人様のペニスを手にとり、静かに、そして丁寧に洗ってさしあげるのだ。次にご主人様が湯船に浸かったら、自分の体を軽く洗ってから、「私も入ってよろしいでしょうか？」と伺う。お風呂の中では向き合って入るか、背中をご主人様に向けて抱かれるようにするかは、ご主人様しだいである。

お風呂の中で、興奮したご主人様がいきなりペニスをヴァギナに入れてくることもあるし、バスタブの縁に腰かけてペニスを口でくわえるように指示する客もいるが、客に言われる前にペニスをくわえてさしあげると大変歓ばれることが多いらしい。

中にはまだ洗ってもいないペニスをいきなりくわえるように言うご主人様もいるし、SM嬢のヴァギナやアナルをいきなり舐めたがる客もいるという。そしていきなりアナルに指を差し込んで中に便が溜っているかを確認したり、いきなりそのアナルにペニスを入れようとするご主人様もいるとか。ジェリーやクリームも塗らずにペニスをアナルに入れられたりすると痛いし、肛門が出血することもあるので、そんな時は、静かに「お願いですからジェリーかクリームを塗って頂けませんか?」とお願いするしかないらしい。すると中には「分かった、それじゃ、先に浣腸をしよう」と言って、SM嬢に浣腸器を風呂場まで持ってくるように指示するらしい。お客の中には予め浣腸することを意識して、イチジク浣腸やコーヒー、牛乳、コーラ、ビール、ジュースなどを持って来て、それを浣腸する客もいるという。また自分のオシッコと客のオシッコを湯桶に溜めてそれを浣腸されたこともあるという。

そして、浣腸した後は排便するところを見たい、という客もいるし、トイレには行かせずお風呂場で排便するように言われることもよくあることだという。中には浣腸をして排泄する前に直接ペニスをアナルに押し込んできたり、そのペニスをヴァギナとアナルに交互に押し込んできたりする客も多いらしい。そんな時は排泄感と快感が入り交じって何とも言えないという。そしてアナルに挿入したペニスをそのまま口でしゃぶらされることなどは当然のことで拒否することはできないという。

中には陰毛を剃らせてほしいという客も多いので、それに応ずるのは当然のことであるが、陰毛のないパイパン状態のほうが、股縄をかけられたり、吊されたときに怪我をしないので最初から自分で剃ってしまうか脱毛をしているＳＭ嬢も多いという。裸の写真や麻縄で縛られたりしている写真、陰毛のなくなった局部の写真を撮らせてほしい、という客も多いが、顔だけは写さないという条件で認めているようだ。

湯から上がって間もなく目隠しをされ、麻縄で両手を後ろ手に縛られ、首から胸、腰、脚を堅く縛られ、そのまま宙に吊し上げられ、ムチで叩かれたりもする。さらに股縄をかけられ、その縄にコブ結びを作り、それがちょうどクリトリスに当たるようにして、前後に引っ張ったり、縦に強く引っ張ったりしてＳＭ嬢の反応を楽しむ客も多いらしい。もっともマリ自身も麻縄で縛られるのが好きで、客によって、縛り方や順番も異なるが、きつく縛られるのが好きでもあるという。しかし、このために陰部が擦りむけたり内出血をしてしまうこともあるが、こればかりは手足を縛られているので自分でコントロールできないのが辛いことでもあるようだ。

最も強烈なのは、逆さ吊りにされてヴァギナに火の灯いた赤いローソクの一本を差し込まれ、さらにその周りや全身に、もう一本のローソクの火で熱い蝋《ろう》を垂らされることもあり、最後にそのローソクでクリトリスにたっぷり蝋《ろう》をかけられると、思わずイッてしまうこともあるらしい。熱い！　熱い！　と悲鳴を上げ続け、とどめにクリトリスに蝋《ろう》をかけられると、あっという間にイッてしまう、などとは普通の女性には考えられないことではないだろうか。いずれにしても目隠しをされているので、何をされるか、どこにローソクの火が落ちてくるか分からないだけに、その恐怖心と期待感が入り交って妙な気分になり、意外に興奮するプレイだという。

そんな状態で、いきなりムチで叩かれたり、突然水をかけられたりすることもあったらしい。また逆さ吊りにされたままの状態で浣腸をされたこともあり、アナルから吹き上げてくるウンチや尿をもろに顔や鼻にかぶってしまったときなどは避けようもなかったので、パニック状態になったこともあったという。

何をされても仕方のない立場とはいえ、これなどは、ちょっとひどすぎると思ったようである。

中でも変わったプレイは、どうしても生理中にプレイをしたい、というお客様がおり、どうするつもりなのかと思っていたらペニスをヴァギナの中に入れたり、そのままアナルにペニスを入れたりするらしい。そして、そのペニスをヴァギナとアナルに交互に出し入れし、そのペニスをマリの口で綺麗に洗い清めることを要求するらしい。

いくらなんでも、これはお断りするだろうと思っていたら、意外にもマリ自身、それが嫌いではなく、むしろ歓んで受け入れていたらしい。もちろん、アナルの中のウンチがペニスについていることはわかっていたが、これは自分のウンチだからあまり気にならないし、生理時の血は味も悪くないからさほど気にならないという。

上品で綺麗なこのマリの口から、こんな言葉が出てくるとは思ってもいなかっただけに、こちらは驚いたのだが、本人は、そんな話をしながら自分でも過去を思い出しつつも楽しんでいるように見えるのが不思議だった。そして驚くことに若い頃、マリには被レイプ願望があったが、実現したことは一度もなかったという。従って初めての客に強引に姦淫されるのは、レイプされるのに似た快感を味わえるので歓びとなるらしい。

そんな毎日であってもＳＭの仕事を辞めようと思ったことなどなく、同じ客に指名されると今日はどんなプレイをされるのか、期待してしまうことも多いようだ。

マリの娘も小学校3年生のころから高校を卒業するまでの9年間、こんな母親の下でも深夜まで大人しく一人で留守番をし、宿題も忘れずに、きちんとやっていたようだ。マリは仕事に出かける前に、一応娘の夕食は作っておくらしいが、冷たくなっているので、自分で電子レンジに入れて温めて食べていたらしい。

マリの部屋はキッチンの他には、3畳間と6畳間の二つしかなく大変狭いので、娘が勉強する時はキッチンの椅子に座って、そこで勉強をしていたこともあったようだ。それでも娘は泣き言ひとつ言わず、グレることもなく学校での成績は良かったようだ。マリの帰りは毎晩夜中の12時ごろから午前1時頃になってしまうが、娘は隣りのお布団の中で静かに寝《やす》んでいたという。

これを〝反面教師〟とでもいうのだろうか。こんな生活は1日も早く止めなければならないと思いつつも、子供の将来や癌で病んでいる母親の治療費や生活費、またさらに別居している母親のアパート代などの負担を考えると、なかなか簡単に辞めることはできなかったようだ。

マリの娘はすでに21歳。大学三年生の前半である。母親がSM売春婦であったとは夢にすら思っていなかったはずである。今でも学校が終わると相変わらず、真っすぐ帰宅し、勉強しているらしい。

マリが疲れて帰ってきて、先に寝んでいても何も言わず、最近は午前1時頃まで勉強しているようだ。大学での成績もいい方らしい。部屋が狭いのでキッチンで勉強している娘を見ると心が痛むとも言っていた。

母親がいわゆるＳＭ売春婦だと知ったら、この娘はどう思うのだろうか？

そんなことをマリは考えたことがあっただろうか。週に最低４日は働き、一日に3人以上の客と肉体関係をもち、週に1日は若い彼氏とデートをし、さらに週に２日は趣味のジャズダンスやベリーダンスの練習に通っているという。ほとんど毎日、夜中に帰宅する母親を見て娘は何を考え、何を思っていたのだろうか。

今でもマリは母親として毎日娘の夕食を作ってから仕事やダンスに出かけているという。それがせめてもの娘に対する親心なのか、誠意なのか、それとも罪悪感に対する償いなのかは不明である。

ところで、マリのＳＭ生活の中で最も衝撃的であったことは、あの東日本大震災のあった3月11日のあの日、あの時刻にマリは麻布のＳＭホテルで客とプレイの真っ最中だったと言うのだ。それも素っ裸にされ、麻縄で全身をガンジガラメに縛られ、しかも股間まで麻縄を通されて天井に吊されている時にあの地震が襲ってきたという。

最初、マリはただロープを揺すられているものと思っていたのだが、間もなく、これは大変な地震だと気付いた時、慌てた客はマリをそこに吊したまま、自分だけ急いで身支度をし、彼女を置き去りにしたまま逃げ帰ってしまったという。マリは目隠しをされ、然もボールギャグを口に挟まれたまま吊されていたので、喋ることもできずにいたのだが、まさか客だけが洋服に着替えているとは知らず、声もかけられず、裸で吊されたまま身動きもできずにいたという。

手首も、脚も腰も、乳房も股も麻縄で締め付けられ、時間がたつにつれ、うっ血し、痛くてどうにもならず、意識はしだいに朦朧としてきたようだ。地震が落ち着いても、マリは30分近くも吊されたままであったが、ホテルの従業員が地震のあと、各部屋の見回りに来てくれたために何とか助けてもらうことができたらしい。

しかし、意識はあるものの、ほとんど失神に近い状態だったらしい。しかも、全身が麻痺状態で自分では体を動かすことすらできなかったようである。ホテルの男性従業員の呼びかけで漸く意識はとり戻したものの、暫くは茫然自失の状態で声も出ず、羞恥心《しゅうち》など微塵も感じず、ただ助かったのだという感慨しかなかったという。逃げ帰ってしまった客に対する怒りすら湧いてこなかったらしい。

それから間もなく、手首と足の一部に異常を感じ、どこか筋でも切れているのではないかと思ったらしい。しばらく部屋で休ませてもらい、洋服を着替えようとしたが、思うように立つこともできず、洋服のボタンすらかけられないほど、手や腕が痺れてしまっていたという。歩こうとしたが思うように足も動かず、仕方なくハイヒールを手に持って、裸足でゆっくりと部屋の外に出たものの、エレベーターが停まっていたので、時間をかけながら5階から1階までゆっくり階段を降りたという。受付の女性に「大丈夫ですか？」と声をかけられたので「ハイ、何とか……」と言ったきり、足を引きずるようにしてホテルの外に出たらしい。表に出てもタクシーなどは走っておらず、電車も停まったままなので、どうやって帰ろうか悩んでいたが、とり敢えず所属するＳＭ事務所の方に電話をしてみたのだが、この日ばかりは電話も通じない。たまたま近くにスナックのようなコーヒーショップが開いていたのを見つけ、そこで何時間か過ごすことにしたようだ。コーヒーを飲もうとして右手をカップに差し出したがカップを思うようにつかむことができなかったので、仕方なく左手で何とか口まで運んだという。

マリはバックの中からメモ帳を取り出し、今日の出来事を簡単にメモしようとしたが、ペンを持つことも、字を書くこともできず、思わず涙が出てしまったという。

漸く深夜になって地下鉄が動きだしたことを知り、それに乗って帰宅したらしい。

翌日、病院で診てもらったところ腕の一部と足の一部の筋が切れていたことが分ったらしい。これではSMの仕事どころか日常生活にも支障をきたすので、当分SMの仕事を休み、できることならこの際、辞めようとも考えたらしい。

あれから2ヶ月、切れた筋も漸く治った。彼女は自分のしてきた過去を振り返り、多少反省はしつつも後悔はしていないという。過去10年の間で得たもの、失ったものなど沢山あるが、全て自業自得で誰をも怨む気持ちなどないと言っていた。

SMの仕事を辞めると決めてはいたが、怪我が治るとマリは再びSMの仕事を開始したのだ。そして、たまたまSMの仕事で出会った坂井氏に、「私は1ヶ月後にはこの仕事を辞めます」と告げたらしい。

坂井氏は初対面ではあったが、なぜかそれを聞いて残念がるのではなく、大変歓んだらしい。

坂井氏はマリの上品な美しさに心を魅かれたことは事実だが、何か彼女からは言葉で言い表せない不思議な魅力を感じたと言っていた。マリとの会話の中で彼女の生い立ち、家庭環境、有名女子大卒、父親の癌死、同じく母親の癌闘病、亡くなったアル中の兄、大学生の娘、別居中の夫の話などを聞いているうちに坂井氏は、このマリを何とか本来の健康的な生活、一般的で常識的な社会人として、今後安定した生活ができるように援助をしたいと考えるようになったらしい。マリとは初対面でありながら坂井氏はマリのプライベートの携帯電話やメールアドレスまで教えてもらった。

それからマリが辞めるまでの１ヶ月間に、彼女とは週１回のデートを重ねた。しかし、実際には坂井氏とデートする以外の日は毎日３～４人の客と肌を重ねる毎日だったのである。それでも坂井氏は、それがマリの仕事であり、あと僅かでこの仕事を辞めたら自分だけのものとして付き合えるのだから、特に嫉妬らしきものは感じなかった。そしてデートをするたびに５万円をお小遣いと称してマリに渡したという。

本来、店を通せば２時間のプレイで５万円、３時間なら７万５千円を払うのが筋だが、店を通していないので、全額が自分の収入となり、その上、事後は豪華な夕食にありつけるのだから、異議を唱えることは何もないのだ。12月一杯でＳＭ業界を辞めることになっていたのだが、坂井氏とは、その後もずっとお付き合いしてもよいと思ったようだ。

10年ぶりにＳＭの仕事から解放され、新年を迎えた１月４日に、マリと坂井氏は１週間ぶりにデートをした。その時、坂井氏は初めてマリから８歳も年下の若い彼氏がいることを告白されたのである。しかも彼氏とはＳＭの仕事に就く前からのお付き合いであり、自分がＳＭ嬢として毎日、何人かの男たちに抱かれていること、夫と別居中であり、自分には当時、８歳の娘がいたこと、父親はすでに亡くなり母親は癌の闘病中であることなど、すべてを知った上で付き合っていると話してくれたらしい。

8歳も年下の彼氏ということは現在、37歳ということになる。坂井氏はマリに「その彼はあなたと結婚したいと言ってるの?」「……」「彼はあなたに生活費なり何か金銭的援助をしてくれていますか?」と尋いたところ「いいえ」と答えたという。

坂井氏は「彼もそろそろ誰かと結婚を考えているのでは?」マリは「そうかもしれません」と答えたという。でも実際には、彼氏は結婚などせず、これからもずうっと自分と付き合ってくれるものとマリは信じ込んでいたようだ。彼の存在はマリにとって生き甲斐であり、癒しであったのである。

そんな会話をしながらも、数日後には坂井氏と2人で群馬県の水上温泉に行く約束をしたのだ。坂井氏はマリとデートをするたびに5万円の小遣いを渡していたのが、「これではその都度、君を買っているみたいでいやだから、これからは一ヶ月に30万円をお小遣いとして前金で上げよう」と約束したという。

1月10日、約束通りマリと坂井氏はベンツに乗って水上温泉の谷川を眼下に見下ろす露天風呂付きのホテルに行ったのである。そこで2人は一緒に露天風呂に浸り、超豪華な夕食に舌鼓をうつなど温泉旅行を満喫したのであった。

温泉旅行から帰って間もなく、2人はマリの将来について色々と話し合ったらしい。

12月にはＳＭの仕事を辞めたばかりだから、のんびり静養して、来月からは社会復帰できるための勉強をして何か資格を取ったり、ＯＬならだれでもそこそこ操作できるパソコンをマスターすることだと坂井氏はマリに進言したらしい。そして坂井氏はマリのために15万円以上もするパソコンをプリンター付きのフルセットで買って上げたようだ。また、たまたまタクシーの中に手袋を置き忘れてしまったマリのために、これも15万円余りの高級ブランドの革手袋まで買って上げたらしい。

マリは週5日ほど、昼、夜を問わずダンスの練習に通っているという。それもほとんど毎日教習場が変わっている。池袋だったり、大宮だったり、千葉だったり、恵比寿だったり、光が丘だったり、しかも昼夜の会場が異なっているから、あっちへ行ったり、こっちに来たりで何が何だか分からない。マリは昼ごろに家を出て、2時間ほど練習したら、大体3時頃には終わって帰宅するものと思っていたが、午後の1回はジャズダンス、2回目はベリーダンスで、夜はバレーだったりで、しょっちゅう内容も教習場も変わっており、帰宅も9時だったり、10時だったり滅茶苦茶なスケジュールに坂井氏はそれを不審に思っていたらしい。

ダンスの発表会が5月上旬にあることは知っていたが、ほとんどの人が素人である、ということは練習生のほとんどは昼間働いており、会社が休みの日でなければ練習に参加できないはずなのに、マリはＳＭ時代に稼いだ金が、そこそこあるとはいえ、全く働かずに病気の母親の面倒をみたり、娘の教育費や生活費を考えたら、極めて近い将来、行き詰ってしまうのではないかと坂井氏は心配していたらしい。働きながら生活費を稼いでダンスの練習をするのと、全く働かずにダンスをするのとでは月々の出費は倍になるのと同じである。

でも坂井氏はまた別のことを考えていたようだ。マリはＳＭ時代に店の方針で自分の客をとることを要求されており、坂井氏以外にすでに相当数の客に自分の携帯電話やメールアドレスを教えていたというから、恐らく、辞めた後もアルバイト感覚で引き続き関係を持っているのではないかと思ったようだ。なぜそのように思ったのか坂井氏に問いただしたところ、マリと週1回のデートは何とかなるが、週2回となると、相当に厳しくなるという。

つまり、今までＳＭクラブで働いている時は午後1時から客をとっていたので、昼間から客とホテルに行くのは日常茶飯事だったので、恐らく、午後の時間帯にダンスを2時間練習しても、その後、夕方まではたっぷり時間があるので、週に2人や3人の客をとることは決して難しくないはずだ、と坂井氏は思ったようだ。

マリの若い彼氏とは日曜日に会えばいいわけだから週に2人の客をとっても6万円、

３人なら９万円、これが１ヶ月なら生理中を除いても、30万円ぐらいのバイト料など簡単に稼げるはずだと。しかも坂井氏からは無条件で最低毎月30万円のお手当が入ってくるので、実際には月に税金のかからない手取りの金が60万円ぐらいは入っているのではないか。

そこで、坂井氏はマリに次のような内容のメールを送ったという。

『若い彼氏は貴女をセックスの対象としてしか考えていない。なぜなら、もし貴女を愛しているなら、ＳＭ時代の仕事、（即ち、売春行為）を知りながら、貴女と関係するのはおかしい。彼は普通のサラリーマンであって特に金があるわけではないし、貴女の生活の援助をするわけでもない。しかし、彼氏に特定の彼女がいなければ、ソープランドとかデリヘル嬢やＳＭ嬢を買うしかない。でも貴女はタダでセックスさせてくれるので、実に有り難く思っているはずである。むしろ、ヒモ的な存在にならなかっただけでも、彼は紳士的であったと言うべきだろう』と言ったらしい。

『しかも貴女は今から10年前は、もっと若くて綺麗であったはずです。若い頃の男性は年上の女性に憧れて甘えることがよくあります。しかし、歳を重ねるにつれ、男は少しずつ若い女性の方に関心を抱くようになります。すでに彼には若い彼女か結婚しようと思っている女性がいてもおかしくないはずです。一般に貴女のようなおばさんは、逆に若い男の子に憧れるものです。でも、それが長く続き結婚するようなケースはほとんどありません。僕と貴女との年の差は30歳です。僕は貴女の亡くなった父親と同じ年代です。僕は貴女を愛し、将来の面倒までみようと思っていますが、貴女の本心は若い彼氏の方しか向いていません。貴女はSM時代の汚れきった心と体を洗い清め、新しい第二の人生に向かって挑戦するはずではなかったでしょうか。彼氏は貴女と結婚する気など毛頭ないと思います。しかし、それでも貴女が彼氏と別れられないなら残念ながら、僕の方が下ります。貴女は両手に花かもしれないが、僕自身は馬鹿々々しく思えてきます。貴女はどちらか一方を選ぶべきです』とメールで送ったところ、「私は今まで何千人もの男性を受け入れてきた女です。でも今は貴男と彼の2人だけです。私にとって2人はとても大切です。でも、どうしてもとおっしゃるなら私は彼を選ぶしかないでしょう」との返信メールがあったらしい。

このメールにショックを受けた坂井氏は最後の別れのメールを送ったところ「誰よりも感謝しております。貴男には幸せになってもらいたいです。至らない女でご免なさい。ただ目指すものが違うので、これ以上のことはできません」との返信があったらしい。その時、坂井氏は自分からの援助金がなくなっても、まだ以前の客たちとバイトセックスをして30万円位の別途収入があるからということで、自分はふられたのかな？　と語っていました。

そんなことがあって僅か3日後、坂井氏はマリのことが忘れられず、思わずご機嫌伺いのメールで「会いたいが会えるだろうか？」と言ったところ、マリも「会いたい」との返信。もともと坂井氏の周りには仕事柄、若い女性ばかりが沢山いたので、その気になればいくらでも若い娘を彼女にできるはずなのに、よりによって、どうして10年間もＳＭ嬢として、また売春婦として働き続け、45歳にもなった女に心が惹かれてしまったのだろうか。

一旦は別れたとはいえ、１週間ぶりの逢瀬に何か新鮮なものを感じたという。マリは自分が坂井氏を捨て、若い彼氏を選んだのに「私は貴男にふられちゃったから――」と言うので坂井氏は驚いたようだ。坂井氏はマリに「もう僕は君の彼氏の存在はどうでもいいから」と言ったところ、「私を好きなようにして――」と言われ、復縁してしまったらしい。

ところが、それからわずか1週間後、マリから「彼とは別れました」と突然メールが入ったという。会って話を聞いてみると、別れたと言うより、彼氏にはすでに若い彼女ができており、セックス対象のマリおばさんはもう必要ではなくなっただけのことであったようだ。その時、坂井氏は「矢っ張り！」と思っていた通りの結果であると納得し特に驚くこともなかったようだ。その時が来るのは時間の問題である、と坂井氏は見抜いていたようだ。でもマリにしてみれば、かなり衝撃的なことであったらしい。

その結果「暫く私は誰とも会いたくないです」というメールが坂井氏に送られてきた。坂井氏はほとぼりが冷めるまで静かにしておいてやろうと思ったが、「何を言ってるんだ。いつまでも甘い過去の想い出に浸り、心の傷が癒せるなんて間違っている」とメールし、お構いなくマリと強引に会い食事をし、酒を飲み交わし、いつもと同じ愛の交歓をしたらしい。その翌日、マリから早くも「もう大丈夫です」と元気なメールが返ってきたので坂井氏は安心したという。しかし、その後もマリは何となくバイトセックスをしている気がしてならない。そのことを言ったら「それだけはない」とメールが返ってきたらしいが、坂井氏は今でも、まだ疑っているようだ。

勉強をして色々な資格をとったり、パソコンの勉強をして上達してから坂井氏の会社に就職して20万円そこその給料を貰うより、好きなバイトセックスの方が簡単で手っ取り早いし、時間的にも自由がきくとマリは考えているのではないか。過去何千人もの男と関係してきたが、今は確かな人間とだけ関係をもち、割り切って付き合っているだけだから、と考えていたのではないかと思っていたようだ。しかし、実際のところ、事実関係は不明だと坂井氏は言う。ダンスのレッスンをしている時は仕方ないが、ただ、坂井氏がいくらメールをしても、返信のない時（例えば、ホテル内で客と関係しているとしたら決してメールや電話には出ない）が多いと、どうしても疑いを持ってしまうようだ。

今はマリも坂井氏を愛している、と言うが、今まで8歳も若い彼氏にベタ惚れしていたものが、急に30歳も年上のじいさんを好きになるだろうか？　嫌いではないが、愛情を直接的にはあまり感じないと坂井氏は言う。しかし、最近では、時間さえあれば「毎日でも逢いたい」と言うようなメールが来るようになったので、もしかしたら徐々に本気になってきているのかもしれないとも言っていた。

マリが彼氏と別れて、もう1ヶ月以上にもなるし、マリの5月のダンスの発表会が終われば本気で第二の人生に取り組むべき、何かをしなければならないことは確かであるので、それまではあまり追い詰めないほうがよいのではないかと考えていたようだ。

マリの娘も、バイトをしながらも大学生活をエンジョイしているようだ。10年間のSM生活でホルモンバランスが崩れ、ボロボロでカサカサ状態だったマリの肌も最近は艶も出てきており、気のせいか皺も減ってきたように見えると言う。

最近は体調も良く、食欲も十分あり、申し分ないと言っているらしい。

ただ坂井氏が気になっているのは、ＳＭの世界にいた女性は誰も同じく、人前での羞恥心に欠けており、貞操感が乏しく、レストランや喫茶店、タクシーの中でも平然とエッチな会話を声高々に話す傾向にあり、それがとっても気になるとも話していた。

第2章

SM嬢・マリとの愛人関係

坂井氏は6年間ほど付き合ってきた彼女と別れてからわずか3日後、気晴らしのためにＳＭクラブに電話をして一人のＳＭ嬢を紹介されてマリと初めてホテルで会ったのが最初である。

歳は38歳ということであったが、会った瞬間に、これは既に40歳は超えているのではないかと思ったと言う。彼女はホテルの部屋に入ってくるなり、初対面にも拘わらず、人なつっこく、まるで久し振りにでも逢ったような親しみをこめて擦り寄ってきたという。

端正な品の良い顔立ちに思わず、ドキッとするほどの美しさであったらしい。しかも体は華奢《きゃしゃ》で、とても麻縄で縛ったり、吊るしたり、ムチで叩いたり、ローソクを浴びせたりする、ＳＭ特有のプレイをする女などとは思えない体つきであったという。プレイの時間は3時間の予約で十分時間があったので、いきなり裸にしてプレイに興ずるなどの気も起きずに、つい彼女の過去について、あれこれと質問してしまったらしい。

そこで判ったことは彼女は有名女子大を卒業していること、この道10年のベテランであること、しかし、この仕事はあと1ケ月で辞めることになっているなどの話をしたらしい。坂井氏はそれを聞いてなぜかとても歓んだのである。こんなにも素敵な淑女？　がいつまでも、こんなにも淫らな仕事を続けるのはもったいないと思ったらしい。まだ彼女とは何もしてないのに彼女の身の上を心配するのもどうかと思うが。

そんなことを話しているうちに大分時間もたってしまったので一緒にお風呂に入ることにしたのである。お風呂の中では彼女を後からそっと抱きかかえて、おっぱいを触ったりしたのだが、彼女は思わず悦びの声を上げたので、驚いてしまったようだ。初対面で、たったこれだけのことで快楽を示すのは演技ではないかと思ったのだが、お風呂から出てベッドに移り全身を愛撫したところ、やはりかなり興奮して激しく反応し坂井氏にしがみついてきたので、これは演技ではなく、自然なのだと思ったらしい。

案の定、下腹部も既に十分に濡れており準備はできているように思えた。これから何をしたら彼女に悦ばれるのか、色々と考えてみたが、テーブルの上に並べてあるSM道具を見るとSMプレイに関する麻縄をはじめ、ムチ、ローソク、各種のバイブレータや浣腸器などが取り揃えてあったので、まず最初に麻縄で彼女の体を縛り始めたのだ。そしてその麻縄で股下を通して、ぐっと軽く締め上げたところ、思わず悦びの嬌声を張り上げたのには驚くしかなかった。

そこで坂井氏は「貴女は本当はどの道具を使ってほしいのか？」と問うたところ、

「どれでも好きです」「なんでもいいですから――」と言うのだ。これは本当のＳＭ嬢なんだな！　と思ったようだ。次に股のロープを左右に少しずらして、ヴァギナにバイブを差し入れたところ、更に声を張り上げたのだ。そして次にアナルバイブをアナルにそっと差し入れてみたところ、彼女はさらに大きな嬌声を上げる始末。そこで坂井氏はアナルバイブを抜きとり、今度は自分のペニスをアナルに差し入れたところ意外にもすんなり入るのに驚き、激しく腰を振ったのだ。これはアナルも相当に使いこなしているものと思い、次にアナルから抜きとったペニスをそのままヴァギナにそっと差し入れたところ、さらに高い嬌声を張り上げ快楽に浸っているのだった。

まさか、アナルに入れたペニスをそのままヴァギナに入れたら〝イヤッ！〟とか〝ダメッ！〟とでも言うかと思ったのに、悦びは頂点に達し、イッてしまったのである。浣腸もしないで、アナルに入ったペニスを何の抵抗もなく受け入れるとは、想像もしていなかっただけに驚くしかなかったようだ。しかし、後でよく考えてみたら、彼女にしてみれば、その程度のことは客との間において日常茶飯事であったのだろう。

坂井氏はすっかり調子にのって、次にローソクの火を灯けて、それを全身に垂らしたのだ。すると彼女は〝熱い！〟と叫んだので、「じゃ、やめようか」と言ったところ、「大丈夫です！」と言う。〝熱い！〟は反射的に出た言葉で、〝イヤ〟という意味ではなかったらしい。これは本物のプロのＳＭ嬢だと思い、最後にローソクの火をクリトリス目がけて垂らしたら、思わず「ギァー！」と言ったので、それを最後にプレイを中止したのだが、彼女の顔が紅潮しているのを見て、安心したらしい。しかし、その直後、テーブル上のＳＭ道具を見るとムチがおいてあったのを見て、次にムチを手に取り体中に垂らされた赤いローソクを軽く叩き落としたのである。もっとも坂井氏も初めての体験なので、軽く叩き始めてから徐々に強く打ちすえたのだが、彼女がそれなりに興奮しているのを見て、少し安心したらしい。華奢《きゃしゃ》な彼女の体をこんなにいじめていいものか心配したらしいが、彼女はそれなりに満足した様子だったという。

そろそろ時間もなくなってきたので、坂井氏はそれを最後にプレイを中止し、体中に巻きつけてある麻縄をほどき、股にこびりついているローソクを手で取り除いたのである。そして、再び一緒にお風呂に入ったのだ。

その時、坂井氏は彼女に「今日のプレイはどうだった？」と尋いたところ「とても良かったわ！」と言うので安心したらしい。お風呂から上がって、お互いの体を拭きながら、「また会えたらいいね」と言ったところ、彼女は自分の名前をマリと言い、彼女の携帯電話の番号とメールアドレスを教えてくれたのである。そして、次回はＳＭクラブの店とは関係なく、マリの休みの日で良かったら個人的にメールをしてくれたら、またお会いしましょう、ということになったらしい。

しかし、個人的にそんなことをしたら、店の側は商売にならないし、ヤバイんじゃないの？　と言うと、「私はもうすぐ辞めるので、自分の休みの日に会うなら、店にもわからないから大丈夫です」と言うのだった。そして、「個人的に会えばプレイ料は半額で済むからお客さんもお得でしょう」と言うのだった。

何といい加減なＳＭクラブなんだろう？　普通のＳＭクラブなら、ＳＭ嬢が個人的に自分の電話やメールアドレスなどを教えるのは禁じられているはずなのに。店側にしてみれば客の個人的な電話やメールアドレスを聞きだすわけにはいかないから、ＳＭ嬢に営業を任せていたのだろうか。何年もここで働いていたら、相当な数のＳＭ客を知ることになり、自分の好みの客に連絡をして客をとることができるので、その店を辞めた後でも、自由に客と連絡をとり、個人的に商売をすることができ、店側にしてみれば、辞めてしまったＳＭ嬢を管理することができないだけに大打撃を被ることになるではないか。店側は新聞や雑誌で客を募集し、次からはＳＭ嬢にその客の管理を任せていたらしい。但し、客側がそのＳＭ嬢に興味がなくなれば、次回からは改めて店に電話して別のＳＭ嬢を紹介してもらうことになるが、客がそのＳＭ嬢を気に入ってしまったら、店を通さずにいつでもＳＭ嬢と連絡をとり、関係を持つこともできるのだ。

合理的に思えるが、店側にとってはマイナスとなる部分も多く、ＳＭ嬢にしてみれば、プラスの部分が多いように見えるが、実際には次回からは自分で客をとるための営業をしなければならないので、時には客の無理なプレイにも応じなければならないこともあるようだ。例えば、客と約束したホテルの部屋に入る前に予めブラジャーとパンティは履いてくるな！　とか、麻縄で体を縛ってから来るように指示されたり、わざわざ生理日に来るように要求されたり、無理矢理に乱暴なプレイやウンチを体中に塗られたり、食べさせられたりするスカトロプレイなどにも応じなければならないこともよくあるという。

また時には、裸の全身をロープで縛られ、そのまま部屋を出て、ホテル内を引きずり回されたりすることもあるらしい。これなどは当然他人の目に晒されることになるので、恥ずかしいというより、見つかったらホテル側から厳しく注意されることになるので、とても辛いことだという。そしてプレイの後は必ずセックスに応ずるのが、お客に対するＳＭ嬢の最後の務めでもある。

日本ではデリバリヘルス嬢（通称＝デリヘル嬢）とか、ソープランド嬢、ＳＭ嬢などと称して堂々と新聞や雑誌で募集しているが、これらはいずれも最終的にはセックスを目的としているものであり、いわゆる売春行為である。当然のことながら法的には完全に違法行為であるが、一般もメディアも警察もほとんど沈黙したままで取締りの対象にもなっていない。

実質的には加害者も被害者もいない犯罪で、必要悪ということになっているのだろうか。

フリーセックス時代のせいか、〝セックス〟が商売の基本になっていることが分っていても、大義名分が単なる「SM愛好者クラブ」といった形になっており、しかも売春そのものは現行犯でなければ逮捕できないので、法の盲点をついた形になっているのだろう。

ただ驚いたことに坂井氏の知りあいのSM嬢（ショウや舞台、DVDに出演するSM女優）などに至っては、公然と「私の仕事はSM嬢です」と言い放ち、時には、「私は割りと有名なSM女優なんです」と誇り？　をもって話すのには驚いたことがあるという。彼女はタクシーなどの中でも運転手に聞こえるように、わざと大きな声でエッチな話をするので、こちらの方が赤面してしまったと話していた。そして人前で、平然と「私、今日はノーブラでノーパンよ」なんて言うらしい。恐らく彼女は、そのように話すことで快感を得ているのだろう。事実、彼女は個人的にホテルなどで、S

Mプレイやスカトロをしても全然楽しくないが、大勢の男性客の前で裸になり、舞台でショウをしたり、カメラの前だと凄く興奮すると話していたようだ。矢張り少し異常というか変態なんだろう。

そんな話をマリに話したところ、矢張り彼女も、どちらかと言えば、見られることで興奮することは確かだが、公然と大勢の前ですることには抵抗があり躊躇《ちゅうちょ》すると言っていた。

坂井氏はSMプレイそのものは嫌いではないが、相手の女性が、それを求め、それによって興奮し快感が得られるのであれば歓んでお相手するが、相手の嫌がることをしてまでやろうとは思わないし、また、自分以外の男性が複数で１人、または２人以上いて、女性を相手にする気など起きないという。男が自分１人で女性が２〜３人ならお相手しても楽しいとは思うが、自分以外の男性と共にプレイをしたりセックスなど間違ってもできるものではない。ところがSM嬢は、同時に２人か３人とプレイをしたり、セックスをすることで快楽が得られるらしい。事実マリも複数の男性と同時にセックスをしたことがあるらしいが、決して嫌なことだ！　とは言っていなかった。

もっとも、毎日、仕事とは言え3〜4人の男と10年間も体を重ねてきたのだからその程度のことは、むしろ刺激になって良かったのではないだろうか。

マリ自身、こんな仕事を毎日していても嫌になるとか飽きるようなことはなかったらしい。初めての客は店から紹介されるが、その男が何歳で、痩せているのか、太っているのか、大きい人か、小さい人か、汚い人か、ヤクザ者か、どんな職業の人か、もしかしたら自分の知り合いかもしれないのだが、金さえ払ってくれればそんなことは関係なく相手の言いなりにしなければならない。つまり、如何なる客であろうが、ご主人様と奴隷女という主従関係になっていることだ。従って、ご主人様の要求には絶対に従わなければならないルールになっているのだ。そのために、SM嬢の中には骨折したり、出血したり脇や脚の筋が切れて腕や手が暫く使いものにならなくなったり、全身が痣だらけになったりする者もいるという。

中にはSMプレイで首から胸にかけて、かなりひどい切り傷や擦り傷ができて出血し、本来なら、即病院へ行って治療してもらわなければならないほどの怪我をしているのに、プレイ終了後、そのままお寿司屋に連れて行かれ、血を拭きながら、お寿司を食べていて、お店の者に不審に思われ「お客さん、大丈夫ですか？」と言われたSM嬢もいたらしい。

こんな状態でありながら、食事に無理矢理に連れだす客も客だが、従いていくSM嬢も異常としか思えない。同じSM嬢ではあるが、舞台でショウを演じたり、DVD

に出演しているＳＭクラブのＳＭ女優が、坂井氏の知り合いに2人ほどいるが、彼女らもまた異常としか言えない変態だという。その１人は、学生時代からＳＭに興味を抱き、アルバイトとして時々舞台に出たりしていたようである。そして、大学卒業後は、本格的なＳＭ嬢として活躍しているらしい。

坂井氏は食事をしながらマリに「ＳＭクラブの店を辞めて、これからどうやって生活費を稼ぐのか？」と尋ねたところ、「これから暫くはのんびりして、ジャズダンスやベリーダンスを習いたいと思っていますので――」と何と優雅なことを言うのだろう。「ＳＭ時代にいくら位稼いで貯金したのか？」と尋くと「平均１ヶ月に50万から70万円位かしら。貯金は娘の大学の入学金や授業料などで約７００万円位です」本当か嘘か分らないが仮に月に60万円稼いだとして、生活費に毎月25万円位で家賃は別居中のご主人から毎月10万円が自動的に振り込まれるので、何だかんだで毎月20万円位の貯金は可能だったと思われる。従って、10年間働けば、年間、２４０万円としても、10年間で２､４００万円ぐらいの貯金は残しているだろうと思ったらしい。しかしＳＭクラブを辞めてから働かずに、毎日、ジャズダンスやらベリーダンスに明け暮れていたら、何だかんだで月々25万円位の生活費がかかるので、半年間、働かずに何もしないでいたら１５０万、１年で約３００万ほど消費することになってしまう。仮に２､００

0万円位の貯金があったとしても、またたく間に失くなってしまう。坂井氏は他人事とは思えず、それが気になってどうしようもなかったという。

そこで坂井氏は彼女のために毎月30万円をお小遣いとして、上げることを約束したのだ。その代りというわけではないのだが、坂井氏の彼女として、また愛人として付き合ってもらうことを条件としたらしい。SMクラブの店を辞めてから、何も働かずに自分の趣味としてのダンスに夜、昼となくダンスの教習所に通っているマリの生活に少しでも潤いと安らぎを与えることができたらと思ったのである。

マリは夫とは10年以上もの長い間、別居中だという。普通、10年以上別居していれば、法的には簡単に離婚できるはずなのだが、なぜお互いに離婚しようとしないのか不思議である。

しかも、夫はず〜っと都営アパートに住んでいるという。そして、マリと娘が2人で住んでいるマンションの家賃、10万円だけは夫が払ってくれているらしいが、その他は一切の生活費も娘の養育費も払ってはくれていないという。

10年も前に、父親を癌で亡くし、母親も末期の癌で闘病中だというのに。マリは当時8歳になる一人娘と自分の生活費、母親の療養費を稼ぐためにSM嬢になったわけはそれなりに解らないこともないが、当時、8歳の娘は小学校3年である。その娘を

１人部屋に残して毎日ＳＭ嬢として、１日に約３人ほどの男の慰み者として体を与え続けて10年。その間に相手をしてきた男の数は延べにして約５,０００人。その上、休日には別れる前の若い彼氏とは単なる性の処理器として体を提供し続けてきたのだ。

マリは午後１時には店に出勤し、夜12時頃帰宅するまでの間に、約３～４人の男のセックス処理器として働いてきたのだ。男の客から店側に電話があれば、その客がどんな男であれ、指定されたホテルの部屋に伺わなければならないのだ。池袋、新宿、渋谷、麻布、時には大宮や浦和まで行くこともあるという。そして、１人の客に約２時間から３時間、客の言われるまま、なすがままに、いたぶられ、何一つ拒否することもできず、セックスの際はコンドームなども使うことも許されず、縛られたり、吊されたり、叩かれたり、ローソクを浴びせられたり、客のオシッコを飲まされたり、コーラや牛乳、ビールなどで浣腸をされたり、ウンチを全身に塗られたり、それを食べさせられたりのスカトロプレイまで、何でも快く応じなければならないのだ。

メス奴隷である以上、ご主人様の言うことには何でも従わなければならない仕事なのだ。

よく考えてみたら、こんな仕事は女として人間として、これ以上ない最低、最悪の仕事だと思うが、ＳＭ嬢というのは、もともと自分自身にＳＭ（マゾヒズムの）趣向があり、セックスが大好きなので、1人の客と相手をしている間に何回もイッてしまうことも多いらしく、まして、1日に3人、4人となれば、1日に合計10回以上の快楽を味わっていることにもなる。セックスだけではなく、SMというのは、そもそもセックスをするための変態的で異常なプレイを前戯としているので、ともすると、オッパイだけを刺激されてイッてしまったり、股縄をかけられても、アナルでもイッてしまうことがよくあるという。

坂井氏も彼女がプロのSM界をリタイアしたので、週に1〜2回、普通の男として相手をさせてもらっているが、ただセックスするだけでは燃えないことが分かったので、彼女の好むプレイをできるだけするように努めているが、この世界はかなり奥が深いらしく、これで良い、これが最高というプレイのことはいまだに分らないという。

一緒にラブホテルに行くにしても、あのホテルはサービスがどうとか、設備がどうとか、SM道具が揃っているとか、高いとか、安いとか親切のつもりで教えてくれるのだろうが、それを聞くたびに気分が悪くなると言う。彼女は都内の有名なラブホテルの案内誌が書けることだけは間違いない。しかも、それらのホテルの受付の人にも、すっかり顔が知られており、「今日は何号室の○○さんとのお約束で伺いました」と申し出ると、受付嬢に「どうぞ!」と言われる。彼女がどういう仕事（SM売春）をしているのか、分っているのだが、そのことに関する羞恥心などまったくないらしい。もっとも羞恥心などがあったらＳＭ嬢などできるわけもないのだが、一緒に従いて行った自分のほうが恥ずかしく身の縮む思いがすると坂井氏は言う。

ホテル側にしてみれば、あの方は「今日は随分お年寄りの方と……」とか「汚い人と一緒……」とか、「若い人と一緒……」とか、「同じホテルに今日だけでも2度目……」なんてこともよくあることらしい。受付嬢にしてみれば、しょっ中、顔を見ているだけに、「あのＳＭおばさん、よく頑張ってるわ」と思っているのかもしれないし、「何てイヤらしい女……」と思っているかもしれないと、つい思ってしまう。するとこちらのほうが、何となく気恥ずかしくなってしまうものだが、彼女は自分が、いかに男たちにもてているか……と自慢したいのかもしれない。

坂井氏がマリと一緒にラブホテルに行き、ちょっとしたことから、自分が過去に関係した客の中で変ったＳＭ趣味のあった人の話を平気で、いやむしろ得意になって話すのが気になって仕方がなかったという。坂井氏が驚くような変わったＳＭプレイの話をマリから聞かされるたびに本当は坂井氏にも、そのような変ったプレイをして欲しいと思っているのかな？　と思うことも、しばしばあるようだ。

だから坂井氏もマリが悦びそうな何か新しいプレイを考え、やってみようかと考えるのだが、なかなか思い浮かばないという。マリは麻布のＳＭホテルに、この10年間に、約百数十回も通っているので、全ての部屋のＳＭ装備、備品について熟知しているので、そんなところから何かヒントを得ようと考えたりもしたようだ。しかし、坂井氏自身、特別にＳＭ嗜好が強いわけではないので、いつもワンパターンのＳＭプレイになってしまうらしい。それでも、できるだけマリの好きそうな小道具を駆使したり、時々新しいＳＭ道具を購入しては、それを試用したりして反応を見ているらしい。「できれば、どのようなプレイをしたいか言ってくれ！」というのだが、マリは「いつもの通りでいいです」と言うらしい。

ただマリが特に好きなプレイは、坂井氏にやってもらうというより、自分で電気バイブを陰部に5分ほど当てているだけでイッてしまうのを坂井氏は確認したらしい。しかも、同時に潮も大量に吹いたというから驚きです。坂井氏がマリとのセックスの中で確実に〝イク〟のはローソクをクリトリスに垂らした時と通常のセックスより、アナルセックスのほうが〝イク〟回数は数倍にもなるらしい。

いずれにしても、マリは目隠しをされたり、麻縄で拘束されること（緊縛）、ムチで叩かれることが好きらしい。そして1ヶ月に1回位、フィストファック（手首まで挿入する）をすることがあるが、それだけでも、ほとんど〝イッて〟しまうという。

先日、ＢＳテレビを観ていたら「緊縛の文化史」なる著書が紹介され驚いたという。全裸の美女が麻縄でガンジがらめに緊縛されている写真が何枚か紹介され、更に緊縛写真の展示会まで紹介され、そこには大勢の男女が観賞のため、訪れていたという。

それだけではなく、テレビ局の女性ディレクターまでが、白人の緊縛師にシャツの上から緊縛され、「何となく気持ちがいいです」と語っていたのにはさらに驚いたらしい。客の何人かにインタビューをしたところ、「これは一種の色っぽい芸術ですね」とか「驚きましたが、感動しました」などと感想を漏らしていたという。そして日本の緊縛は歴史的には犯罪者が逮捕されたとき、麻縄で、後手に上半身を縛られていたことにも由来する、という緊縛の文化史を語っていたという。

こんなことがテレビでも放映されるようになったということは時代の変化にもよるのだろうか。もっとも多くの女性にはＭの傾向があるので、女性と一緒にホテルに行った時など「この浴衣の帯でわたしを縛ってみて！」などと冗談のように言われた経験をもつ男性も結構いるのではないかという。そして、男性は本気なのか？　ふざけているのか？　一瞬戸惑うことも多いという。そして、このようなことに興味を持っている女性に限り、どちらかというと知的レベルの高いと思われる人に多いらしい。

通常のセックスに飽きたのか、性行為の前戯の一つとして、軽い遊び半分のＳＭ行為を取り入れている者たちが増えてきているのも事実のようである。

いずれにしてもお互いに信頼しあい、特に心身に傷をつけるようなプレイでなければ、何をしてもいいとは思うのだが…。

第3章

どっぷりとSMにおぼれた10年間

（これはマリの話をテープにとり、その一部を文章化したものです）

「10年間のSM生活は長かったようで、意外に短かったようにも感じています」とマリは言う。

彼女はすでに45歳。35歳にしてプロのSMの世界に入り、週に最低4日働き、1日平均約3人の客をとり、そのうちのほとんどの客とセックスを繰り返し、10年間で関わった客の数は何と延べにして約5、000人以上。

「それが良かったのか、悪かったのか、今の自分としては考えたくない」と言っていたが、実際にはマリのしてきた行為は世間一般に言われている「売春」という犯罪であり、間違っても過去10年間の仕事を他人に言えるような話ではない。でもマリはSM嬢として働いているとき、自分のしている行為が売春に当たるとか、人間として、また女の職業として最低のものであるなどと考えたことは一度もなかったようだ。

この種の犯罪は現行犯でなければ逮捕できないが、警察としては当然判っていながら敢えて黙認していたというのが本当のところであろう。この種の売春が法律違反だとしても、直接的な被害者がおらず、結局は道義的、倫理的なものになってしまうので、必要悪として敢えて黙認しているのかもしれない。

それにしても一日平均3人もの客に縛られたり、吊るされたり、叩かれたり、浣腸をされたり、ウンチを全身に塗りたくられたり、ローソクで火炙りにされたり、尿やザーメンを飲まされたり、アナルやヴァギナを交互に責められたり、様々な性具を突っ込まれたり、こんなことを一日に何回も毎日よくも10年間もやってきたものだと思う。

ところで、いくらＳＭプレイが好きでセックス好きの女性であっても、こんなことを毎日していたらＳＭプレイやセックスが嫌いになるのではないかと思うのだが、彼女たちは意外にも、これを毎日、楽しみながらしていたようだ。中には、60歳を過ぎても、この世界が大好きで、その上、かなり強烈なＳＭプレイを毎日のように繰り返しているプロのＳＭおばあさんがいるのも、この業界では大変有名だという。

ＳＭ嬢としてプレイ中に骨折したり、筋を切ってしまったり、麻縄で縛られたあとの痣、ムチやスパンキングによる出血や内出血などで、肌がボロボロになっていても、当然のような顔をして、毎日、別のお客に同じようなことをされることを承知で繰り返している。こんなことで怪我などしたら本来、業務上の過失傷害罪になるのではないだろうか。一般の常識では考えられないようなことが、ＳＭの世界では当たり前のことらしい。一定の時間内に、一人の客と性的関係をもったときも、一回だけではなく、５回も6回もイッてしまうこともあるらしい。しかも一日に３人、ときには４人もの客のお相手をして、その都度、イッていたとしたら――体力的にも精神的にも大変ではないかと、つい余計な心配までしてしまう。よくも同じことを10年間もやり続けてこられたものだと思う。

マリは10年で終わったが他には15年、20年、25年も、この世界で働いているSM嬢もいるというから驚く。しかも、同じホテルの同じ部屋で同じことをするのではなく、一番目の客が新宿のホテルであっても、二番目の客は鶯谷のホテルであったり、三番目の客は渋谷であったり、その次が麻布……というようにそれぞれ客の指定するホテルに縦横無尽に重いSM道具一式を抱えながら、あっちへ行ったり、こっちに来たり場所や道順を調べながら指定されたホテルに辿り着くと、受付けでお客の名前と部屋の番号を言って入室の許可をとらなければならないのである。

ホテルの受付では、その女性が先に入室している男性客の売春相手であることは百も承知で部屋に通しているのだ。もっともホテル側も商売だから当然のように入室を許可しているようだが。しかも、同じホテルに何回も通っていると受付の方もすっかり顔馴染みになってしまっているという。それにしても、一日に3ヶ所も時には4ヶ所も異なったホテルに移動するだけでも大変な労力なのに、それに加えてSMプレイやセックスを決められた時間内に消化して店に帰らなければならないのだ。

毎日のように都内の違ったホテルに10年間も東奔西走していると、ほとんどのホテルを知り尽くし、どのホテルが高級で設備が良いとか悪いとか、露天風呂が付いているとか、サウナ風呂があるとか、マッサージ機が置いてあるとか、カラオケの設備があるとか、ビデオやＤＶＤの設備があるとか、飲み物の無料サービスがあるとか、お風呂が檜でできているとか、同じ料金で休憩時間が３時間とか、６時間までサービスしてくれるとか、宿泊料金がいくらとか、都内の主なラブホテルの詳しい「紹介案内誌」が出せるほどの知識があるという。

常連客を除き、ＳＭ客とはほとんどが初顔合わせである。指定されたホテルの部屋に入るや否や御主人様（客）の体に自らの体を擦り寄せ、初めてなのに「お逢いしたかった」ふりもしなければならない。甘えるふりもしなければならない。嫌な感じの人でも、臭い人でも、汚い感じの人でも、若い人でも、老人であっても、御主人様が求めてくればキスもしなければなりません。お風呂に入る前の洗ってもいない不潔な体に擦り寄って、出されたペニスにフェラチオをしたり、お客の靴や足の裏やアナルにもキスもしなければならないこともあるようだ。

生理の期間は原則としてお店を休むのが当然なのに、お客の中には、どうしても生理時に関係したいと言って予約をしてくる客もいたようだ。こんなときは、ヴァギナやアナルに差し入れたペニスをそのまま口に喰わえさせられることもよくあったようだ。尿を体にかけられたり、飲まされたり、精液などを強引に呑みこまされるなどはよくあることらしい。

「僕のオシッコの味はどうだった?」と聞く客に「凄く拙いです」とも言えず、「海水の味がしました」と言うと、「そうか、なるほど」と言って納得し、機嫌をよくする客もいたようだ。また浣腸をしてからのアナルセックスは余り気にならないが、浣腸もしないでする場合はペニスにウンチがついていることなどは当たり前で、それをヴァギナにそのまま入れたり、フェラチオさせられることもよくあったらしい。「ウンチの味はどうだ?」と聞くお客様も多く、「土の味がしました」と答えると、客のほとんどは納得したらしい。

中にはスカトロプレイが好きな客がおり、浣腸をしたあと、皮を剥いたバナナをアナルに押し込み、更に二度目の浣腸をして、吐き出されたウンチやバナナを洗面器にとり、それをマリの全身に塗りたくり、さらに自分の体にも塗った客とお風呂の洗い場で抱き合ってセックスをしたことも何回かあったらしい。

初めてのときは「汚い!」「嫌だ!」と思っていたものだが、馴れてくると意外に平気でウンチを手に取ったり、口に入れたり、体に塗ったりしても余り気にならなくなり、「結構おもしろい」と感じたという。不衛生だとか、汚いとか、臭いとか感じなくなり、徐々にスカトロジーに陥っていくようだ。

1,000/cc、時には2,000/ccほどの浣腸をされ、大きいアナルストッパーで肛門を塞がれ、それからヴァギナにペニスを出し入れされると、排泄感と快感が前後して気持ちよくなるらしい。中には、浣腸した後、排泄する状況を観察したがる客も多いらしい。

麻布のSMホテルでは婦人科専用の診察台に寝かされ、開脚状態で手足を縛られ、そこで点滴用のガラス瓶に入れた浣腸液をゴム管を通してアナルの奥深くに注入され、排泄するときは、診察台の直ぐ下にセットされているステンレス製の便器に排泄させられる。1メートルほどの高い位置からの排泄なので、客の眼にはよく見えるので歓ばれるらしい。

【マリの証言】

客によっては私の顔や髪の毛（頭）にまで尿をかけたり精液やらウンチまでかけられたり塗りつけられることがたまにあります。こんなことをされますと、あとが大変厄介です。限られた時間内にシャンプーをしたり、化粧などをし直す時間がほとんどありません。御主人様からプレーの時間を延長して欲しい、と言われてましても、既に次のお客様の予約が入っているケースがありますので、最初にお約束した時間内でおいとましなければなりません。それでも無理強いするお客様の説得に大変苦労しますとのこと。

スカトロプレイなどでは全身にウンチを塗りたくられていますので、いくら石けんで洗っても、なかなか臭いが取れず、次のお客様にご迷惑がかかってしまうこともあるのです。

また、最初の御主人様に浣腸をされたばかりなのに、次の御主人様にも浣腸され、三番目の御主人様にも浣腸プレイを要求されますと、お断りするわけにもいかないのですが、もう出るものも出ないし、何となく胃や腸がズルズルと下に下がってしまった感じがして気持ち悪く、しかも大変疲れ、体調不良に陥ります。また、よくウンチのついたペニスを口に喰わえさせられることがよくあります。帰り際にいくらウガイをしても、歯を磨いても、なんとなく臭いが残っている感じがして、胃や胸元が気持ち悪く感じることもありますが、決してお断りするようなことはありません。

ウンチのついたペニスをヴァギナの中に入れたり出したりされるお客様もおります

ので、たとえ自分のウンチとはいえ、子宮の奥の方までが、悪臭で満たされてしまうのではないかと心配になり、何回か洗っても、次のお客様に何か言われるのではないかと気になったりします。「おまえ、臭いな！」と言われたらどうしようと悩むこともしばしばです。でも私自身はウンチのついたペニスを口に喰わえることに、それほど抵抗はありません。

また、こんなことをしょっちゅうやっていたら、いつか何らかのバイ菌に汚染されるのではないかと心配になることもあります。

それにコンドームを付けてくださるお客様はほとんどいませんので、いつか厄介な性病にでもかかったらどうしようかと思うこともしばしばです。10年間もの間に一度もコンドームなどせず、延べ約5,000人ものお客様とセックスをしてきて、エイズなどにかからなかったことの方が奇跡と言えるのかもしれません。でも、常にエイズのことを考えていたら、次の日から仕事ができなくなってしまいますので、できるだけ考えないようにしていました。

お客様に「貴女はどうやって避妊してるの？」とよく訊かれることがあります。私は「ＩＵＤ（避妊リング）を入れております」と言うと、お客様は安心するようです。また時には「君はエイズ検査など定期的にしているのか？」と訊かれるお客様もおり、

「はい、そうしてます」と言うと凄く安心されるようです。でも実際には検査などしたことはないのですが、本当はすべきだったと思っています。でも、もしかしたらと思うと、怖くて病院には行けなかったというのが本当のところでした。

何だ、かんだ言っても私はSMプレイそのものは決して嫌いではなく、むしろ好きであったからこそ、この仕事を10年もの間、耐えてこれたのではないかと思います。お金のためだけでなく、次の客がどんなお客か、明日はまたどんな性癖や趣向の御主人様と出逢えるか期待することすらありました。

もっともSMプレイの全てが好きで快感が得られるわけではありませんが、時には汚くても、痛くても、熱くても、辛く苦しいときでも、泣きたくなるときでも、気持ち良いフリをしなければなりません。こんなお客様には、もう二度と指名されたくないと思っていても、再びご指名がかかってしまったら、黙って行くしかありません。そして笑顔で接し「お逢いしたかった！」ふりをすることもよくありました。そして立ったまま裸で抱き合うと、本当の恋人に会ったように錯覚すらするのです。

私の個人的なSMの趣向としては、眼かくしをされ、両手をうしろ手に縛られ、一切抵抗ができず、次に何をされるか分からない状態でプレイをするのが好きでした。期待感と恐怖感が折り重なって興奮と快感が得られるからです。とくに麻縄でおっぱいをきつく縛られ、乳首を捻りつぶされて、少し痛みを感ずるくらいが、それなりに良かったように思います。またさらに、麻縄に結び目を作り、それをウエストのロープから直線的に股間のクリトリスに当たるように挟んで、さらにそれを腰の縄に巻きつけられると脳の中心部が熱くなり、ツーンとした快感が走ります。麻縄で縛られたまま、宙に吊るされることは決して好きではありませんが、御主人様が悦んで下さるなら歓んで受け入れます。そして自分自身も興奮し、御主人様に悦んで頂くために、吊るされている間、全く別のセクシーなことを頭に想い描き、ヴァギナが濡れてくるように努めます。

すると、御主人様は後で私のヴァギナに触れて濡れていることを確認すると大層悦んで下さいます。

また、ムチで軽く叩かれるのは好きですが、余りに強く叩かれますと快感より苦痛を感じてしまうこともあります。人によって違うと思いますが、私の場合は、背中やお尻、内股を軽く叩かれると快感が走りますが、おっぱいやお腹はあまり嬉しくありません。でも乳首を上の方に引っ張ったり、捻りつぶされるのは嫌いではありません。

眼かくしをされたまま、床に寝かされ、背中やお尻、おっぱいなどにローソクを近づけられ、熱い蝋《ろう》を垂らされるのは大好きです。特に局部の最も敏感なクリトリスなどに垂らされますと、悲鳴とともにイッてしまうことがよくありました。

私の知り合いのM嬢の中には体に針を刺されるのが好きなM嬢がおりました。彼女は注射針をおっぱいや乳首に何ケ所も刺され、そのまま洋服を着て二時間ほど食事に連れ出されましたが、それなりに快感を得た、という話を聞いたことがあります。時には陰唇に針を刺されても痛みと快感が伴って癖になったとも言っておりました。私は針は怖いですが、外陰唇やクリトリスを軽く噛まれるのは意外に気持ち良く、好きです。その感覚は乳首も同様だと思います。

変わったところでは、アナルやヴァギナに、ゆで卵を入れられたこともありましたが、これは快感とはならず、後で取り出すのに大変苦労したことがあります。アナルに小さな卵を2個入れられ、浣腸で1個だけは何とか出たのですが、もう一つはどうやっても最後まで出すことができず、翌日の朝、排便の際に苦労して何とか出すことができました。

中にはウズラのユデ卵を私に内緒で何個かヴァギナの中に入れたまま、帰ってしまったお客がおり、私はそれに全く気づかず1日ほど過ごし、2日目に何となく違和感を感じて取り出すことができたほどです。

これなどはお客様といえども、やはり一言断ってから入れてほしいと思いました。

自分が気付かずに何日も経って、もし腐敗でもしたらあとあと大変なことになりかねません。これなどはＳＭプレイにおけるマナーの一つだと思います。以前、ゴルフボールを入れられ、どうしても出すことができず、その夜はゴルフボールを入れたまま、内緒で二人ほどのお客様と関係しましたが、幸いそのボールには気付かれずにすみましたが、これも翌日の朝になって、自分で何とか取り出すことができました。

ＳＭプレー中に異物や大人の玩具を入れられても、それなりに快感はありますが、ほとんど眼かくしをされている状態ですので、快感もさることながら、恐怖心の方が先に出てくるようになってしまうこともあります。

異物を入れるときは、予めお断りするか、注意してほしいものです。アナルやヴァギナに野菜や花を活けられたこともあります。大きなナスにキュウリや人参、バナナや茸、ネギなどを入れられたこともあります。

「お花を活けます」と言われ、ソファーの上に両脚を高く上げ、頭を床につけ、逆さの状態でチューリップや菊、百合の花などをアナルやヴァギナに活けられたこともあります。これは写真を撮られたので、あとで見せてもらったのですが、自分でも驚くほど見事に活けてあり感心してしまったほどです。

また、二人の男性客にベッドの上で裸のまま仰向けに寝かされ、その胸やお腹、陰部まで、沢山のパセリーを敷き、その上に刺身や寿司、卵焼き、お漬け物など色々なおつまみを載せ、彼らはビールを飲みながら楽しまれました。でも私の身体は冷えてしまい鳥肌が立ってしまいました。

さらに変わったプレーとしては、ビール瓶やコーラの瓶をヴァギナに入れられたりしたことがありましたが、これは快感とはほど遠いものです、でも手の拳を丸めてヴァギナの中に入れるフィストファックはジェリーをたっぷり塗り、時間をかけてゆっくり入れられたら、かなりの快感を得ることができます。

麻布のＳＭホテルでは部屋ごとに室内の作りも異なり、備えられているＳＭ道具や備え付けのＳＭ器具類なども部屋毎に趣向がこらしてあり、部屋を選ぶのも楽しみの一つです。

私はこのホテルに百回以上も呼ばれて来ておりますので、何号室には何が備えられており、どんなＳＭ用の器材があるか、ほとんど知り尽くしています。中には病院の婦人科専用の診察室のようになっている部屋などは男性用医師の白衣と看護師用の白衣が用意されており、いわゆる「お医者さんごっこ」が楽しめるようになっています。御主人様がお医者様でＳＭ嬢が看護師という設定でプレーが楽しめるようになっているのでしょう。

この部屋は産婦人科用の診察台が設置されており、ガラスケースの中にはヴァギナの中を覗ける鉸子（クスコ）、アナルストッパー、乳首やクリトリスを吸引する吸引器、ゴム菅の浣腸器や点滴用の浣腸器などが用意されています。その他、三角木馬、吊るし用のチェーン、十字架、足枷、首枷、手錠、ムチ、眼かくし用のマスク、麻縄、洗濯バサミ、ブラシ、さるぐつわ（ボールギャグ）等が壁側に架けてあります。

変わった部屋では鉄格子の檻があって、ＳＭ嬢を監禁できるようにもなっています。首や両手を挟むギロチン台、首輪やクサリなども用意されています。トイレなどはドアーがないので、排尿、排便などは御主人様の見える所でしなければなりません。同様にお風呂もガラス張りですので、浴室の外からはまる見えです。

またこのホテルの受け付けには各部屋の装備や備品、小道具などを写真に撮ったアルバムが置いてあり、お客様はそれを見て好みの部屋を選ぶことができるようにもなっています。もっともＳＭ嬢の私にはそれを選ぶ権利などなく、ただ指定された部屋に伺うだけです。

もっとも、客が先に来てホテルの待合室でコーヒーでも飲みながらＳＭ嬢の到着を待ち、二人でお気に入りの部屋を選ぶこともできるようになっています。

また待合所のショウケースには、ＳＭ用の様々な小道具、セクシーな下着類、股間が穴の開いたボトムレス網パンティストッキングなども展示され、売られています。

　このホテルの中で私が体験した最も恥ずかしい行為は素裸のまま麻縄で縛られ、廊下に連れ出されたり、ホテル内を連れ回されたり、エレベーターに乗せられたりして、他のお客様の眼につくように、あちらこちらを連れ回されたことです。

　40歳を過ぎて、こんな恥しめに遭うのは嫌なのですが、御主人様の言う通りに従うのがSM嬢の仕事であり、お金のためだと割り切ってそのような行動をしたことも何回かあります。でも正直なところ、実際は恥ずかしさもありましたが、多少快感があったことは事実です。私の他にも、部屋の外で裸にされて麻縄で縛られている若いSM嬢を何回か見たことがありますし、階段の途中で縛られたままセックスをしているカップルを目撃したこともあります。

　本来、ホテルの部屋以外でそのような行為をすることは厳重に禁じられているのですが、それがむしろスリルや快感となって行われているようです。

　また、ある時は、パンティやブラジャーを履かずにホテルの部屋まで来るように指示するお客様もおります。暖かい日や夏などは何とかなりますが、寒い冬にノーパン、ノーブラ、ノーストッキングでスカートを穿いてホテルまで行くのは少し抵抗がありますす。そんな時は、お客様に指定された部屋の前でそっと脱ぐのですが、ホテルによっては監視用のカメラがありますので、うまくやらないと受け付けから苦情や注意をされることもあります。また予めノーパンに股縄を締めてくるように指示するお客様もおります。これなどは気持ち良さより、股ずれといいますか、麻縄で陰部がこすれて痛くなりますので、これなどは部屋の中だけにしてほしいものです。

それよりも、もっとスリリングなのは、初めてのお客様に指定されたホテルの部屋の前でノックして開ける前に、眼隠しをしてからノックをするように言われることです。

ということは、部屋の中に入った瞬間から相手の男性の顔が見えないので、若い人なのか、お年寄りなのか、汚い人なのか、部屋の中がどうなっているのか、他にも誰かいるのか、全く分からないのです。普通なら部屋に入るなり初対面の挨拶をしてから、その日のプレー時間を再確認し、先にその代金を頂いてからプレーに入るのが筋です。

それなのに、部屋に入るなり、いきなり着ているものを全て脱がされ、言われたままベッドに上がるなり、お風呂に入るなり、床に転がされるなりしなければなりません。こんな時は、恐怖心が高ぶりつつも、多少の期待感もあり、なぜか興奮しつつある自分にも驚きます。

私は昔、レイプされたいという異常な願望があり、実際には何もなかったのですが、この体験は、それにかなり近いものを覚えました。しかも、最初から眼隠しをしたままでしたので、部屋にお客様が一人なのか複数なのか分からず、いきなりベッドに転がされ、麻縄で後手に縛られてしまったので、何も抵抗できない状態でした。

さらに口枷をさせられてしまいましたので、自分の意思を伝えることもできません。何となく雰囲気で、三人ぐらいの男性がいるように思えるのですが、確認できません。お風呂にも入らずに、いきなり一人の男性が私のヴァギナの中に入ってきました。と思っているうちに、もう一人の男性が強引に私のアナルの中にまで押し込んできたのです。

一方的なトリプルプレイに何も抵抗できずにいましたが、途中で突然、私の口枷が外され、こんどはもう一人の男性が私の口の中にまでペニスを押し込んできたのです。

そして、最終的には三人が交互にアナルやプッシーの中に射精するという強姦プレイであったのです。そして暫くしましたら、お風呂のシャワーの音がしてから、急に静かになり、一人の男性が私の眼隠しを外してくれたのですが、そのお客様は顔面マスクをしていて顔が見えません。その時、お客は既に洋服に着替えており、私だけが素裸のままです。そのお客は一人分の代金だけ払って、さっと部屋から出て行ってしまいました。他の二人は既に帰ってしまったようです。

恐らく彼らはどこかで待ち合わせているものと思います。私は一人とり残されていたのですが、次のお客様との約束の時間が迫っておりましたので、急いでお風呂に入って洗い清めたのです。でも何か、うつろな気持ちで思わず涙が出てくるのを抑えようがありませんでした。仕事柄、どこかに訴えるわけにもいかず、ただ泣き寝入りするしかありません。何年間もこんな仕事をしていますと、いつ、どんなときに、どんなことをされるのか分かりませんが、嫌なこと、怖いこと、腹の立つこと、泣きたくなること、虫ケラ扱いにされても、ただじっと耐えるしかないことを自分に言い聞かせるしかありません。それがＳＭ嬢、メス奴隷の宿命でもあるのです。

また、こんなこともありました。指定されたホテルの部屋に入ったところ、男性客の他に、もう一人女性のお客様がおりましたので、戸惑っておりましたら、男性のお客様が「この娘は私の連れです。今日はトリプルプレイをしますので、二人ともすぐ裸になってください」といきなり言われてしまいました。もう一人の女性は慣れた手つきで素早く服を脱ぎ、私も早く脱ぐように催促されてしまいました。「この女性はプロなんだろうか？　私と同じＳＭ嬢なんだろうか？」などと考えながら洋服を脱いだのです。その直後に、「さあ、三人で風呂に入るぞ！」と言われ、男性客が先にお風呂場に入っていったのです。湯船には既にお湯が溜めてあり、予め準備されていたようです。

男性客が先に湯に浸り、もう一人の女性客が私の身体を洗い始めたのです。そして私にも湯船に入るように促しました。私は「失礼します」と言って湯船に入るなり、男性客に後ろから抱かれ、体のあちらこちらを愛撫されました。そうこうしているうちに、もう一人の女性が湯船に近づくと私の乳首を愛撫してきたので、ちょっと驚きましたが気分は悪くないので、そのままじっとしていました。

それから間もなく男性客が湯から上がり、もう一人の女性が代わりに湯船に浸ってきました。そして正面から私を抱くようにしながらキスをしてきたのです。私は生まれて初めて「ああ、これがレズビアンなんだな！」と実感しました。間もなく私たちも湯から上がり、ベッドに移動しました。

ベッドでは男性客が真ん中に川の字になって寝ることにしました。私は何かいつもと違った興奮を覚え、次にどうするのか、どうなるのか、期待感でむずむずする気分になりました。すると男性がバイブレーターを持ちだし、それを私の乳房、脇腹、内股、そしてついにクリトリスに――思わず声が出てしまいそうになり、隣を見るともう一人の彼女が男性のペニスを口に喰わえているのが見えました。私はタチ役かネコ役か分からない女性の陰部に思わず手を差し伸べ、クリトリスに触れてしまいました。もうこうなったら、何が何でも楽しんでやろうと思い、私も積極的にトリプルプレイにはまっていきました。

私も６９の形で彼女の上になって、彼女のヴァギナを口で愛撫していました。すると男性が私の後ろからヴァギナにペニスをインサートしてきたのです。その時、私の下になっている彼女が私のクリトリスを責めてきましたので、思わず声が出てしまいました。私はもう我慢ができずにイッてしまったのです。すると男性は私の中から抜きとったペニスを彼女の口の中に押し込んでいるのです。次は私が下になり、彼女が６９で上になりました。すると今度は彼が彼女のヴァギナの中に入れてきたのです。

私はそれを顔の目前で見ながら彼女のクリトリスをお返しに愛撫したのです。

暫くしてから彼は彼女のアナルの中にもペニスを差し入れたのが見えました。そしてアナルとプッシーの間を交互に出し入れしているのです。そしてそのペニスを今度は私の口の中に押し入れてきたのです。私は一瞬引こうとしましたが、上から押さえつけられていますので全く動きがとれません。自分のアナルの中に入れられたペニスを口にしたことは何度もありますが、他人の女の人のアナルに入っていたペニスを口にしたのは初めての経験でした。それから間もなくして、彼は彼女のプッシーの中からペニスを抜き取るや否や、私の顔面に思いっきり射精したのです。すると今度は彼女が私の顔面の精液を舌で舐めとってしまったのです。

私にとって生まれて初めてのレズビアン体験に加えて、トリプルセックスを体験したのも初めてでした。私はいつの間にか、このトリプルセックスに酔いしれている自分に驚くと同時に、またいつかこんな機会があったらいいなと思ったほどです。

変わったプレイとしては、鉗子（クスコ）をヴァギナとアナルの両方に差し込まれ、拡張したあとに、その中にビールを流し込んだり、それをストローを使って飲むお客様がいたことです。それだけならまだよいのですが、ビールを飲み終えた後に、今度はお客様自身のオシッコを流し込まれてしまったことです。これにはかなり閉口しました。

クスコを使ったプレイといえば、こんなこともありました。プッシーをクスコで思いっきり拡張され、その中にドジョウを5、6匹入れられたこともあります。子宮の奥でハネルどじょうの動きがクスグったくて、どうしようもありません。少しは気持ち良かったのですが――。

中には潮吹きを好むお客様も多く、無理矢理に激しく指で刺激されたこともありますが、これなどは体質によって直ぐ反応する女性もいるようですが、なかなか潮を吹きにくい体質の女性もおりますので、無理矢理に陰部を刺激されるのは困ります。そんなお客様にはお風呂場で、おしっこを出して見せることで我慢してもらうしかありません。

とくに私の場合などは潮を吹くというより、潮で少し濡れる程度ですので、そのことを予め理解してもらうしかありません。でも心を許した方の前では、思わず潮を吹いてしまうこともありますが、普通のお客様の前では緊張してしまうせいか、潮を吹くことはほとんどありません。潮（尿）といえば変わった体験が３つほどありました。

それは私の尿道口に耳かきの綿棒を入れられたことです。綿棒にジェリーを塗って、それを尿道に入れるのです。綿棒の３分の２くらいまで奥に入ったようです。とくに痛いわけではありませんが、気持ちが良いわけでもなく、何か不思議な気分になりました。こんなことも何回かして馴れてきたらアナル同様、快感が得られるようになるのかもしれませんが。

それから、これは一度だけの経験でしたが、男性客が洗面器に排尿し、その尿を導尿管を使って吸い込み、それを私の尿道に注ぎ込まれてしまったことです。私の膀胱は膨れて苦しくなりましたが、お客様はその導尿管ですぐに私の尿道から尿を抜き取って、再び洗面器に戻したのです。そして洗面器に戻した私の尿とお客の尿の混じった洗面器の尿を飲まされたのです。

その他に、ペニスを私のヴァギナに入れたまま、おしっこをさせてほしいという御主人様がおりました。常識的にはこんなことができるはずがありません。ペニスがエレクトしていれば、男性の尿道が塞がれてしまいますので、排尿は無理のはずです。でも御主人様はどうしてもやってみたい、とおっしゃるので仕方なく応ずることにしたのですが、案の定うまくいきません。そうこうしているうちに、御主人様のペニスが萎えてきたとき、突然、私の中に排尿したのです。こんなことってあるんだーと驚いたことがありましたが、今でもあの生温かい感触が忘れられません。

お客様からの変わった要求の中には、アナルかヴァギナでタバコを吸ってみせてくれ！　という方がおりましたが、これなどは余ほど訓練でもしないとできるような業ではないと思います。私もやってみたことはありますが、吸うというよりクスブル程度が精一杯でした。

ＳＭ嬢は基本的に陰毛は常に剃っておくのが一般的です。これは麻縄で股縄をかけれたときなどに陰毛が誤ってまき込まれて陰部が怪我をすることがあるからです。仮にそんなことがなくても陰毛のないパイパン状態を好む御主人様が多いからです。中にはお客様がご自分で剃りたいという方もおりますので、僅かな陰毛だけを残しておくこともあります。

ＳＭプレイは常にホテルの中だけで行われるものとは限りません。アウトドアーのＳＭプレイはもう少し開放的で、時には大胆です。ホテルの中で裸にされ、全身を麻縄で縛られ、パンティもブラジャーもストッキングも穿けず、その上に薄手の洋服だけを着せられて2時間くらい街中に連れ出されたこともあります。股間の麻縄が陰部に喰い込んで思うように歩けなくなったり、痛くなったり、動作が緩慢になって不自然な動きになり、街行く人から奇異な眼で見られるのがたまりません。

2時間くらいはトイレに行くのも我慢しなければならず、おもわず漏らしてしまったことなどもあります。お客様の中には、ヴァギナの中に遠隔用のバイブを入れ、これをリモコンでスイッチを入れたり、切ったりするものですから、突然歩けなくなって立ち停まったり、聞きなれない音に周囲の者に不審な眼で見つめられたりすると思わず赤面してしまいます。

時には公園に連れていかれ、そこで突如上半身を裸にされたり、スカートを脱がされたり、他人の目のつかない場所とはいえ、どこかで誰かが見ているのではないかと思うと、生きた心地すらしません。夜の公園に連れていかれたときなど、麻縄で縛られた状態で洋服を全部剥ぎ取られて歩かされたこともあります。できるだけ他人の目のつかない場所でやるとはいえ、とても危険なプレイです。

お客様によっては、私を一日中貸し切って、車で海や河、山の中にまで連れて行かれたことがあります。走る車の中で素っ裸にされたり、山の中の樹に縛りつけられたりしたこともあります。「置きざりプレイ」と称して、全裸のまま1時間近くも樹に縛りつけられて放っておかれたこともあります。そんな時は、いつ誰が現れるか分からず、パニック状態に陥ることもあります。

ＳＭプレイやセックスがそこそこ好きでなければ、いくら生活のためとはいえ、10年間もの間やれることではありません。普通の女性ならいくら生活のためとはいっても3ヶ月もやれないのではないでしょうか。私が10年間もの間、こんな仕事を続けることができたのは、私とのプレイやセックスでお客様が悦んでくださるからです。そしてまた次の機会も私を指名してきてくださるからです。ＳＭプレイとそれに伴うセックスは、そこに精神と肉体の折り合いがあるからです。私には難しいことは分かりませんが、セックスの前戯としてのＳＭプレイには奥深い創造性に富んだ性の哲学があるように思えるのです。

第4章

ＳＭ嬢の生々しい告白

【告白】SM・AV女優（チコ）24歳

スカトロジーとしての生き甲斐

私がSMにおけるM趣向の性癖があるのではないかと思ったのは、かなり幼少の頃だったように思います。同じSMの中でも私は特にウンチに対して強い好奇心を抱いていました。男性をセックスの対象として考える以前に、ウンチの方により関心を持つようになってしまったのは、大学生になってからのことでした。

ある日、私はSM関係の雑誌を手に入れ、その中にある写真や文章を読んでいるうちにすっかり興奮し、ヴァギナが何となく濡れてくるのを感じました。ふだん家のトイレで排便したあと、アナルに指を当てたり、そっと中まで指を入れてみることもしばしばでした。そしてその指をそっと鼻に当てて嗅いでみると、何となくうっとりしたものです。臭いというより、自分の体の中の一部分に親しみすら感じ、ほのぼのとした気分になったりしました。そんなことを何回か繰り返しているうちに、いつの日か私はウンチのついたその指を無意識のうちにそっと舐めてしまったのです。

地球の味というか、何か身近な親しみのある味だと思いました。普通の人なら「汚い！」とか「臭い！」という感覚しかないと思うのですが、私にはより親しみを感じるものがありました。そして、時々、自分のウンチでマスターベーションをしたこともあります。そんな時は、本当にほのぼのとした気分になります。「私は変態なんだろうか？」

その頃、私はまだ大学の３年に在学中で、東京に在住の家族と同居中であり、特に生活費に困るようなこともなかったので、大したバイトもしませんでした。そんなある日、たまたま読んでいたＳＭ雑誌にＳＭ嬢募集の欄を見つけ、早速電話を入れ応募してみたのが始まりです。

面接の際、「君は何がしたいの？　何が好きなの？　経験は？」などと聞かれ、私は思わず「経験は何もないのですが、スカトロが……好きです」と言ってしまったのです。「分かった！　それならまず、君の裸を見せてほしい！　そして、アナルも！」

いきなりのことに戸惑いがあったものの、このチャンスを逃してはならないと思い、言われるままに裸になり、四つん這いになってアナルを見せたのです。そうしたところ、面接者の男性が、自分の指に何かゼリー状のものを塗って、いきなりアナルの中に指を入れてきたのです。私はビックリして、思わず「痛い！」と大声を上げてしまったのです。「何だ！　まだ使ったこともないのか？」と言われましたので、「まったく経験はありません」と正直に言うしかありませんでした。もしかしたらこれで断られるものと思っておりましたら、「よし、これはアナルバージンだから、おもしろい」と言われ、採用となってしまったのです。しかし、そのままで、事が済むわけではなく、「早速アナルを拡張しましょう」と言われ、ゼリーを塗ったり、拡張器を使ってあれこれとアナルを拡げようとしたのですが、とに角、痛くて我慢のしようがありませんでした。

するとこん度はアナルに麻酔薬を塗って、拡張することになったのです。それでも痛みは失くならなかったのですが、時間をかけ、だましだまし何回か拡張訓練をしていくうちに、それでも、ようやく痛みが軽くなったように思える程度でした。監督は「よし、今日はこれくらいにしておこう。明日また来なさい、少しずつ馴らさないと、これでは使いものにならない」と言われてしまいました。

私は次の日も、また次の日もアナル拡張のために通いました。すると、いつの間にか、麻酔薬を使わなくてもほとんど痛みを感じなくなったのです。

そして、遂にSM雑誌に「アナル処女解禁」の写真撮影をすることになったのです。最初は細目のアナル用のバイブを入れて馴らし、徐々に太目のバイブになり、ついにはS男優によって初めてペニスを差し込まれることになったのです。初めてのことですから快感などまったくありません。突かれるたびに痛みを伴い、しかも肛門から腸、胃のあたりまで何かが押し上げてくる感じでした。じっと耐えていたのですが、今度は突き押されるたびに、ウンチがしたくなってしまったので、思わず「ご免なさい。ウンチがしたくなって……」と言いましたところ、「分かった！　それではこの洗面器の中にそれを出しなさい」と言われ、一旦、男優は私から離れ、スタッフ全員が見守る中で、私は排便をさせられたのです。その間もカメラは回り、フラッシュが音を立てているのがよく分かりました。

ところが排便を開始すると、なぜか今までなかった快感がこみ上げてきたのです。複数の人たちに見られていることの快感に、排便そのものの快感が折り重なって、すごくいい気分になっていくのが分かりました。ウンチだけではなく、おしっこも出てきました。これがたまらないほどの快感になり、うっとりするほどでした。そうこうしていると、カメラマン兼監督が「そのウンチを手に取って、体中に塗りなさい」と言うのです。私は一瞬ためらったものの、言われるままにウンチを手に取り、それを胸からお腹、手や腕、脚にも塗り始めたのです。すると男優が側に来て、そのウンチを手に取り、私の背中やお尻にまで全身くまなく塗りたくったのです。

そしてついに、顔や頭にまで塗られてしまい、全身ウンチだらけになってしまいました。すると男優も自分の体に私のウンチを塗り始めたのです。もちろんペニスまで。すると監督が、そのままのペニスを私のアナルの中に挿入せよ、と指示したのです。

私は驚いて身を引こうとしたのですが、うむを言わせず、男優は強引に私のアナルの中に入ってきたのです。でも考えてみたら、これはもともと私の体の中にあったものので、それをほんの少し、私のアナルの中に押し戻すだけのことだからと思い、じっと耐えていました。しかし、しばらくすると私にも快感のようなものが込み上げてきたのです。

ついに男優はエクスタシーに昇りつめ、私のアナルの中に射精してしまいました。生まれて初めての経験でしたが、私は自分でもそれなりに納得し、僅かながらも満足することができたのです。そして男優がイッた後のペニスを私は口に喰わえるように指示されたのです。今さら拒否することもできないので、私は言われるままにペニスを口に喰わえたままフェラチオを繰り返したのです。

「味はどうだ？」と聞かれたのですが、特別にまずいとも思わないが、今までにもウンチのついた指を軽く舐めたことはあったので「別に……」「とくにおいしくはないけど……泥の味というか、ウンチの味です」と答えたことを覚えています。普通の人なら避けようとするウンチが私にとってはまさに黄金に思えます。陰では私のことを糞娘！　だとか、糞ったれ！　と言っている人もいますが、今では舞台で男性客が私のうんこを食べたくて観に来られる私のファンも沢山おります。糞でも喰らえ！と言って、舞台の上でするウンコを悦んで食べにくる男性客に感謝したい気持ちです。

その日は、それで全て終わったのですが、髪の毛の中にもウンチがしっかり浸みこんでしまっているので、スタジオでいくら洗っても臭いが気になり、自宅に帰ってからも、寝る前に3回ほどシャンプーしました。それよりも家族の者に気づかれて何か言われるのではないかというのが最も気になりましたが、幸いにして家族には気づかれずにすみました。

それ以後、私はＳＭ関係者の中ではスカトロ女優としてすっかり有名になってしまいました。それからはＳＭショーやＤＶＤなどに月に何回か出演する機会が与えられました。たまたま、私と付き合いのある男性に「僕の前でスカトロをやってみせてくれないか？」と言われたことがありましたが、私は舞台など大勢の面前か、ＤＶＤの写真を撮られるときには快感がありますが、プライベートでそんなことをしても、ほとんど何も感じないのでお断りしたことがあります。やはり多くの男性に観られていることで感じるＳＭ嬢なんだと思います。

スカトロですっかり有名になったものの、自分としては、もっと刺激的なこと、面白いことはないかと自分でもあれこれと考えました。その結果、自分のウンチを全身に塗りまくったり、それを食べるなどは序の口で、観客の面前でウンチを出して見せ、そのウンチを口の中に入れて歯を磨いたり、食パンにウンチを塗ってトーストにして食べたり、焼飯にして食べたり、月経時の経血を紅茶代わりにして飲んだり、自分の尿をウイスキーや焼酎割りにして飲んだりします。

また、変わったところでは、生きたままのゴキブリを30匹ほどお客様の前で食べて見せます。生きたままのトカゲやミミズなんかも平気です。豚の生の金玉なども食べますよ。普通の人からしたら、吐き気を催すほどの変態であるとしか言いようがないでしょう。私はそんな変態女なんです。とにかく大勢の観客が見ている前でないとやる気が起きないし、自分も興奮しません。

また、レズビアンショウで二人のウンチをお互いに食べ合ったり、太くて固めの長いウンチをお互いに喰わえ合ったり、女王様のウンチを排便時に口で受け止めたりしたこともあります。マンションの一室を会員制のクラブにしている所でスカトロショウをしたときは、約1，000/ccほどの水浣腸をしてもらったのですが、ウンコの量が少なく、小さな固まったウンコが3つほど出たきりでしたが、それを3つ全て食べ尽くしてしまいました。あとは全て浣腸時の水分が洗面器の半分以上溜まった状態でしたので、お客様に申し訳ないと思い、そのウンコの混じった洗面器の水を全部一気に呑み干してしまいました。

また、こんなこともありました。

スタッフが街行く若い女性を二人ほど誘ってきて、バイトでそこにウンチをしてもらうことになりました。二人の若い女の子は、ビルの屋上に架設された即席の人工トイレでウンチやオシッコをするだけでバイト料が貰えると聞かされて連れて来られたのです。便器の周りは竹や植木などで囲いがされており、私が手脚だけを伸ばし、便器の真下で口を開けて待ち構えていることなど全く知りません。女の子たちは私の顔にウンチやオシッコをかけているなどとは夢にも考えていなかったので、排便の後、便器の中を覗き、何と私のウンチだらけの顔を見るや、彼女たちはビックリして泣き出してしまいました。これは彼女たちにとっては余りにも衝撃的であったようです。

他に変わったことと言えば、オシッコだけなら1リットル位なら軽く飲み干すこともできますし、それからスカトロとは関係ありませんが、爪楊枝を直接、顔の額に突き刺すショウなどもやったことがあります。これは、それほど痛くもないし、傷もほとんど残りません。乳首や乳房への針刺しもしたことがありますが、これも意外に痛くありません。刺すときは一瞬〝チクッ〟としますが、これは注射をするとき誰でも同じ経験をしたことがあるでしょうから、それとほとんど変わりません。注射針を刺すことさえできれば、あとは静かに押し込むだけで良いのです。針を抜いてもほんの少し出血するだけです。あとはアルコールで消毒すれば良いのです。

乳首や乳房への針刺しは見た目ほど痛くはありませんが、乳首の正面から縦に突き刺すと、さすがにこれは痛いです。

陰唇やクリトリスへの針刺しはまだ未経験ですが、近いうちに是非一度チャレンジしてみたいと思っております。いずれにしても、自分一人でこれらをやるわけではなく、多くのお客様の見ている前でやりますので、自分自身もそれなりに興奮します。もしも彼氏と二人だけでウンチを食べて見せても少しも楽しくないし、興奮しません。多くの観客がいればいるほど興奮し、快感が得られます。

私の日常食は肉類はほとんど食べず、魚や野菜を中心とした和食です。洋食などはお付き合いで頂く程度です。ただウンチを食べているせいでしょうか、多少善玉の大腸菌が増えたのか？　毎日の便通も良く、お陰様で皆さんからは「肌が綺麗ですね」とよく言われます。私の知る限りスカトロをやっている女性の肌は皆さん綺麗ですね。食べるだけでなく、体に塗るのもドロンコ美容の一種だと思えば、どうってことはありません。

【取材者　永井ひろみの感想】

『それにしてもウンコを食べるショウは、見ているだけでもいささか抵抗がある。腸内細菌が寿命を決める、と言われているが、大腸には体内で最も多くの微生物（腸内細菌）が１kg～１・５kgも棲息しており、その中には１，０００種類以上もの細菌がいると言われている。しかも、善玉と悪玉、どっちつかずの日和見菌もいると言われている。善玉菌ばかりのウンコなら多少食べ甲斐（？）もあるだろうが、もし悪玉菌が沢山いるウンコを食べたらどうなるのか？　病理学の専門医にでも尋ねてみたいものだ』

　ところで、ウンコというのは食べたものが吸収された後の残りカスが25％で、75％は腸内細菌の死骸と壊死《えし》した細胞が送り出されたものであるという。いずれにしても、尿や便が体に良いものであるとは思えないのだが。

【証言】取材者　永井ひろみ

私はＳＭ嬢（売春を目的としていない）を何人か紹介され一緒にお酒を飲んだり、食事をしたりしましたが、彼らの日常生活は思ったより真面目で意外に清潔であることを知りました。もっとも意外に思ったことはプライベートにおける男性関係がほとんどないか少ないことでした。しかも彼女たちのほとんどが大卒か大学院卒という共通した高学歴なのです。また中には男性とセックスしても特に快感が得られず、エクスタシーなど、味わったこともないというＳＭ嬢がいることに驚きました。

観客やカメラの前でのスカトロや麻縄で縛られたり、吊るされたり、ローソク責めにされているときは、かなり興奮するのにプライベートでの男性とのセックスでは余り興奮しないと言うので、「では、もし大勢の観客のいる面前でセックスショウがやれたら興奮するのでは？」と質問したところ「もちろん、興奮します」と言うのです。

恐らく彼女はＭ嬢として被虐的なことが好きなのだろうと思いました。事実、観客やカメラの前でのスカトロや麻縄で縛られたり、吊るされたり、ローソク責めにされているときは興奮するのに男性とのセックスはまだ開発されていなかったようです。

私はＳＭ嬢の取材中に「本物のＳＭショウを観たらどうですか？」とＳＭ嬢（チコ）

に誘われ、新宿歌舞伎町の小劇場に行ってきました。どうせ観るなら知り合いのSM嬢が出演する日が良いだろうということで、予めチケットを購入し、昼と夜の2部の2回のショウを観ることにしたのです。

開幕してからはセクシーなコミックや、歌謡ショウがあり、その次にいよいよ知り合いのSM女優の出演となりました。まず、女王様なるS女優が登場し、続いてM女優チコが素っ裸で犬のように首輪をつけられ四つん這いになってロープで引きずられて舞台に登場したのです。回転舞台の中央で全身を麻縄で縛られ、そのまま宙に吊るされ、鞭で叩かれ、ローソクを垂らされるという、SMではごくありふれたプレイではありましたが、自分の知っている女優が、目の前で裸にされ、いたぶられるのを観るのは何だか妙な気分になるものです。しかし、麻縄で逆さ吊りにされている彼女を観たときは思わず芸術的で綺麗だな、と思いました。

その次は、2人の美しい女性が裸で白い透明の花嫁衣装を着て登場、回転舞台で背中を合わせるようにして膝を立てて座りました。

これから「浴尿ショウ」が始まるというので、何のことかと思っていましたら、この2人のSM嬢にオシッコをかけたい人（男性客）が舞台にかけ上がって、順番に2人の女性にオシッコをかけるという、観客と一体となって行うショウのことだったのです。

この2人の白い花嫁衣装の女性にオシッコをかけたい男性客が17人ほど列をなし、舞台にかけ上がって、順番にオシッコをかけるというものでした。ちょっと理解に苦しむ場面でしたが、私はこの小劇場（収容人員、約50席）の一番うしろの立見席のドアーの外で、それを観ていたのですが、舞台の最前列の席にいる客はいずれも雨合羽を頭からかぶって、飛び散る尿から身を守りながら観ているのです。予めこのようなショウがあることを知っていて準備していたものと思われます。舞台に立っている男性客は観客の目の前で順番にペニスを引っ張り出して、2人の女性に尿をかけるのです。2人のSM女優は、その尿を全身に浴びつつ、更に手を差しのべて気持ち良さそうに「浴尿」するのです。そして、最後には2人の女性が尿でビショビショになった花嫁衣装を脱ぎ全裸になって見せるというものでした。これらのショウは、どこから見ても明らかに公然猥褻物陳列罪に該当するものです。

その次には、更に強烈なスカトロショウを観せられてしまいました。約10人ほどのスカトロ嬢が下半身裸の状態で舞台の上で生のウンチをするものですが、実際にはそのウンチを食べたいという男性客が約10人ほど、全員が素っ裸になって狭い舞台の上で仰向けに寝て、SM嬢が中腰になって肛門から絞り出す生のウンチやオシッコを順番に食べたり飲んだりするのです。ウンチやオシッコは仰向けに寝ている男性客の口をめがけてするのですが、それが時々誤って顔や頭にかかったり、時にはお腹やペニスの上にもかけられ、全身がウンチとオシッコまみれとなるものです。一部の男性客のペニスが勃起しているのを見たとき、今日のショウはスカトロ好きなM系男性のためのものであることに漸く気づいたほどでした。

舞台の上はウンチとオシッコで、ぐちゃぐちゃの状態でＳＭ嬢も男性客も、ウンチを踏みつけながら滑り落ちないように、ゆっくり歩いたり、ＳＭ嬢の肛門から絞り出されたウンチを口の中一杯にして、食べ、かつ飲みこんでいるのです。（それにしても、いきなり舞台でウンチをするのは難しいはずだから、彼女たちは予め何らかの浣腸をして舞台に出たものと想像するしかなかった）

狭い劇場内は臭気が漂い、普通の人は目眩《めまい》を起こすか吐き気を催すはずです。ショウの内容が予め分かっていたら、私は間違ってもこんな所には来なかったであろう、と後悔したほどです。

１部のショウが終わって2時間ほどしたら次の第2部のショウが始まるのですが、一旦劇場外に出たものの、大多数の客は引き続き2部も観劇したようです。スカトロショウでウンチを食べた彼らは、それをおやつ代わりにしたのか、夕食も摂らず、このＳＭショウに観入っていたようです。それにしてもスカトロショウに出て、舞台の上でウンチを踏みつけ、顔から口から全身ウンチだらけのその体を洗うこともなく、再び、２部のショウでも、再びスカトロショウを楽しもうということのようでした。

私はこのＳＭショウを観に来たことを後悔し、二度とこのような所には来るものか、と思いましたが、ただ一つ、感動したショウがありました。それは裸の全身に金粉を塗ったＳＭ嬢がヴァギナに筆を喰わえて、お客様の似顔絵を描くショウです。いわゆるマン筆画というのでしょうか。似顔絵を描いてほしいという客を３名ほど舞台に上げ、その客の顔を見ながら描くのです。仮に絵心があって似顔絵を手で描くにしても大変難しいものですが、このマン筆画は実に見事でした。客の顔の特長を瞬時に読み取り１～２分で描き上げるのです。

あまりにも見事なマン筆さばき（？）に驚き、描かれた似顔絵に感動しました。筆を口に喰わえて似顔絵を描く人はいますが、マン筆で似顔絵をこれほど見事に描ける人は世界で彼女一人だけだとか――。これこそ本当の芸術だ！　と感動したほどです。

ＳＭ界の奥の深さに驚くとともに、まだ私たちの知らない部分で、次々と創作されているＳＭプレイやテクニックがあるのだということを実感させられました。

第5章

人生の目的が曖昧なマリ

マリがSMクラブの店を辞めてから早くも6ヶ月近くが過ぎた。しかし、彼女は相変わらずまともに働こうとはせず、毎日のように昼も夜もジャズダンスやベリーダンスに通っているようだ。たまに、ネイルサロンに行って、爪にマニキュアをしたり、脱毛サロンに行ったり、整体やマッサージに行ったり、時々お花の先生の所で活け花などもしているらしい。こんな優雅な生活ができるのはセレブの奥様か、大金持ちの愛人ぐらいではないかと思うのだが。5月には、ダンスの発表会があるというので、それが終ったら働こうとしているのだろうか?

それまでは過去のSM生活から心身を清め、過去を払拭するためにダンスに夢中になっているのではないか、と好意的に考えたりもしたのだが、それにしても、このまま何もせずにいたら毎月の生活費や娘の養育費、母親の治療費などがかさんで大変だろうと思うのだが、本人は相変わらずのノー天気なのだ。

マリはSM当時の客の中では坂井氏がもっとも紳士的で歳を感じさせない魅力があったと言っていたが、もしかしたら坂井氏と同じような立場で、毎月、2、30万円を払って、マリの彼氏として付き合っている者が他にも1人や2人はいるかもしれないと思い始めたようだ。

マリの毎日の行動を追跡しているわけではないから真実のほどは分からないが、坂井氏がいくらメールをしても返信のないときがよくあるという。坂井氏がメールをしてから3時間、4時間、時には6時間経っても返信のない時は、やっぱり誰か男の客とホテルに行き、そこで2～3時間を費やし、その後は一緒に食事などに行っているのではないかと思うようだ。それは坂井氏の時も同じパターンだからよく分かるが、坂井氏と一緒にいる時などは、間違っても坂井氏の眼の前で誰かと電話したりメールすることなどは全くない。そのくせ、2人で人気のある料理屋に行って、順番待ちで待っている時などは10分～15分経ってもトイレから戻ってこない時があるが、そんな時は、間違いなく、男の客と何らかの連絡を取っていることが容易に想像できるという。

坂井氏が「随分トイレが長いではないか？」と言うと、「化粧を直していたので――」という。しかし、ホテルを出る時、既に化粧はしっかり直していたことを知っているし、もともと化粧はしなくても綺麗な顔のつくりであり、「貴女は化粧をしても、しなくても同じだね」と言ったことがあるくらいであった。食事をしたら、あとは帰って寝るだけだし、まして薄暗い料理屋の中だけに、特別に化粧など直す必要もないはずである。

今度は誰と、いつどこに行くのだろうか？と想像するしかないようだ。しかし、そんなことを想像してもどうにかなるわけではなく、結局は酒を飲み、多少酔いがまわるにつれ、それを忘れてしまうほど2人の会話は弾んで、また次の機会を約束して気持ち良く別れるのが通常であるようだ。

なかなか連絡の取れなかったマリに「昨夜はどこに行ったの？」と尋くと、『大宮でダンスをして、終わってからみんなと飲み会をしてたの』、で終わりである。坂井氏としては、余りしつこく尋くのもどうかと思い、それ以上は追求できないのが通常のようである。

そんなことの繰り返しばかりで、彼女の行動が不透明な日が続いたある日、坂井氏は彼女に言ったのだ。『あなたの携帯電話の番号とメールアドレスは、あなたがＳＭの現役時代に使っていたものと今も同じではないか。その携帯の中には、当時の客の電話やメールアドレスが全てインプットしてあるはず。それでは、しょっ中、お客から連絡が来るだろうから、時々つき合っているのと違うか？』と言ったところ『そんなことはありません。メールが来ても私は無視していますから――』という。

そんなはずはないと分かっているが、本人は平然とそのような嘘をつくのだ。そこで坂井氏は「電話やメールに本当に出なかったり返信しないのは、むしろ失礼になるのではないか」と言ったところ、「ああ、そうかもね」で終わりである。そこで坂井氏は更に「携帯の電話番号とメールを変えるのは簡単なんだから、すぐに変えるなり、別の携帯なりスマートフォンに変えるべきだよ」と言ったらしい。がしかし、それから5ヶ月間、携帯を変える気配はなかったので、坂井氏は眼の前で10万円を渡し、「これで新しいスマートフォンにでも変えなさい」と言ったのである。

それから1週間経っても、2週間経っても変えた気配がないので、遂に坂井氏は怒り、「10万円を返しなさい」と言ったところ、翌日、それを返しに来たらしい。これはもう明らかに昔の客と連絡を取り合い、関係していることは明らかであった。

或る日、マリとホテルに行った夜、彼女の胸（乳房）の下側に鮮やかな擦り傷を見つけた坂井氏は思わず、「この傷は何だ？」と尋いたところ、「それはブラジャーをきつく締めた後が傷になったのではないかな」という。坂井氏から見たら、明らかにこの傷は、麻縄で思いっきり強く縛られてできた擦り傷であることぐらい明白であったが、その夜はムードが壊れてしまうことを恐れて、それ以上は追求しなかったが、何か後味の悪いものが、胸のしこりとなっていたという。

5月の上旬、マリはダンスの発表会があるとかで、何枚かチケットを撒かなければならないというので、坂井氏が5枚ほど買い取ってあげ、会社の女子社員と知り合いの女性を連れて観に行ったのだ。踊っている人はほとんどが若い人ばかりで、マリのような40代の女性はほんの2～3人ほどしか見当たらなかった。ベリーダンスにジャズダンス、ヒップホップと様々な踊りに感動したという。特にマリのダンスには思わず拍手を送ったという。

しかし、マリはこんな歳でプロのダンサーになるわけでもなし、どうして、毎日、こんなにダンスに夢中になれるのか不思議であった。本人曰く、踊っていると何もかも忘れ、ストレスが解消し、体も締まり、逆に疲れがとれる、と言うらしい。

ダンスの発表会が終わったので、もう暫くはダンスはしないものと思っていたら、相変わらず教習所通いをするのには驚くしかなかったようだ。いつまで、こんなことをする気なのか知らないが、暇さえあれば、ダンス、ダンス……あとはＳＭ客とのバイトセックスだけで、働こうとはしない。働くための勉強――何か資格を取るとか、技術を身につけるとかしないのだろうか。普通のＯＬなら誰でもできるパソコンすらできないというので坂井氏は早速、高級パソコン（プリンター付）まで買い与えたのだ。しかし、このパソコンを買い与えて６ヶ月ほど経ったが、どうやら全くパソコンに触れてもいないことが判ったらしい。坂井氏は数枚の原稿を渡し、試しにこれを打ってみなさいと言って渡したのだが、これも３ヶ月、４ヶ月経っても返ってこないという。驚くというより呆れてしまったようだ。

いくらＳＭ嬢としての生活が長かったとはいえ、大学を卒業してからＳＭ嬢になる前は、どこかの出版社で雑用係をしていたというのだが、今の時代にパソコンができないＯＬなんていないし、そんな女性に会ったこともないだけに呆れるばかりであった。パソコンができないというのは仕方がないにしても、練習さえしようとしないこの女には、手助けのしようもないと坂井氏は思ったようだ。それでも坂井氏は彼女の将来を考え、「あなたはこのままでは、どこの会社でも使ってもらえないよ。これからの生活はどうするの？」と尋ねたところ、「コンビニの店員か、掃除婦にでもなろうかと思う」と言うらしい。

ＳＭで毎月１００万近い金を稼いできた者が、安いコンビニの店員や掃除婦などできるわけがない。しかも45歳にもなって何の資格も技術もない女がただ見た感じは確かに美人で感じも悪くはないのだが、使ってくれる会社なんてあるだろうか。もしかしたら、スナックかクラブなら、まだ使ってくれるところがあるかも知れないと思っていたのだが、なぜか、ホステスはしたくないと言う。ＳＭ売春までやってきた女がホステスはしたくないとは、何と贅沢なことを言うのだろうか。

いったい彼女は何を考えているのだろうか。将来、どうしようと思っているのだろうか。今はとりあえず、ＳＭのバイトセックスで何とか稼げるので当分は凌げるだろうが、あと数年で更年期にも入ってしまうので、そういつまでも、そんなバイトなどやれるものではない。

すでに現在でも顔や肌には明らかにタルミや皺が浮き出て肌艶もなくなってきている。ＳＭ時代に何千人もの男と体を重ね、コンドームなしの性交によって体内に吸収された精液（ホルモン）は、彼女の体内のホルモンのバランスを崩してしまったのだろう。

ダンスの発表会が終わって間もなく、坂井氏はマリの膣内に入れてあるＩＵＤ（避妊リング）を取り外すように忠告した。ＩＵＤは2年以上も入れっ放しにしておくと障害が起きる場合もあるので、取り外すか、別のＩＵＤに入れ替えた方が良いと言われている。

これに関してマリは割と素直に受け入れ、数日後には取り外したのである。過去10年も避妊を目的に取り入れたＩＵＤだが、その間に3回ほどＩＵＤを入れ換えてはいたらしいが、時間の経過とともに少しずつ疲労して、効果がなくなるか、何か他の障害を呼び込むかも知れないと、彼女なりに秘かに悩んでいたらしい。

それにしても、ＩＵＤの避妊効果は１００パーセントではないのに、10年間で5,000人もの男の精液を受け入れてきたのに、よくも妊娠もせず、またエイズをはじめとする性病にもかからなかったことの方が奇跡的である。それにしても、これでひと安心というわけにはいかない。

アフターピルを使うかもしれない（低用量のアフターピルは、通常のピルより副作用が強く、精神的にも肉体的にも色々な障害が伴うことが多いので要注意である。最近のＤＶＤを見ていると、ＡＶ女優と男優との間でセックスを交わしている時に、コンドームなどを使っているケースはほとんどないのが現実である。なかにはＩＵＤを装着している女の子もいるようだが、ほとんどはアフターピルを常用しているらしい）。ただ坂井氏の場合は、既に前立腺の手術をしてしまったので、射精しても精液は放出されず、そのまま膀胱に入って尿として排泄されてしまうので全く妊娠の心配はないのだが――。

５月のダンスの発表会が終わり、６月に入っても、マリは相変わらずダンス、ダンスの毎日で、これから先の生活はどうするのか、何を考えているのか、そのことを質問しても余りはっきりとしたことは言わないのが気になっていたようだ。ダンスは午後からだと思っていたら、朝の10時頃から埼玉県の大宮まで行って、午後は池袋のスタジオで、その後がいまひとつ、不明のまま夜のレッスンに出ているという。そんなに朝から晩まで、しかも毎日のように、ベリーダンス、ジャズダンス、ヒップホップと多岐に亘っている。いくらダンスが趣味で、健康にいいとはいえ、またそれが生き甲斐だとはいえ、ちょっと異常ではないかと思う。

どちらかというと少し狂っているのではないか、ダンス中毒に陥っているのではないか？とさえ思える。それにしても、朝から晩までダンス、ダンスでは、肉体的な疲労も相当なものではないかと思うのだが……疲れた！ というような話は聞いたことがないという。

ＳＭ嬢をやめてから、既に6ヶ月を経過していながら、いまだに何か仕事を探そうともしないいし、働こうともしないマリに、坂井氏は不審感をもち始めたようだ。いくら坂井氏が毎月30万円のお小遣いをあげているとはいえ、30歳も歳の違う坂井氏も、いつかは面倒をみきれなくなるかもしれないのだから、もうそろそろ、何か仕事を見つけて働き、ダンスは夜か休みの日にでも行けば良いのに、と思うのだが、彼女は一向に、そのことは考えてもいないらしい。

セレブの奥様か大金持ちの愛人ならともかく、このままではいつか限界がきてしまうと心配するのだが、ご本人は全く他人事のように平然としているのが不思議でならない。

今、考えてみると、去る2月頃に、若い彼氏と坂井氏のどちらか一人に絞りなさい、と言った時、彼女は金の援助を一切しない若い彼氏を選び、毎月30万円のお小遣いをあげている坂井氏を捨てたことを考えると、もしかしたら、他にまだ金になる道というか、手段があるのではないかと考えてみたが、毎日ダンスに明け暮れているとはいうものの、実際には、以前のかなり多くのSM客に自分の電話とメールアドレスを教えてあるので、恐らく彼らと時々、何らかの形で会っているのではないか？　と疑ってみたのだが、そのことをマリに確かめようとすると「そんなことはない」と繰り返すだけであるという。でもSM嬢として現役の時でも時間さえあれば、ダンスをしていたというから、今では逆に、客からデートの申込みがあれば、ダンスの合間に関係するのはいとも簡単なことのようにも思える。以前は一日に3人から時には4人もの客と関係していたわけだから、今のように10時からダンスをしても、2時頃には客とホテルで2~3時間費やし、夜のダンスのレッスンに通うこともできるし、昼間ダンスで何時間も費やした後、夜、客とデートすることも十分可能である。

そんなことが週に2、3回あるだけでも、週に5万から時には10万円位の稼ぎになる。そうすれば、月に30万や40万は楽に稼ぎ出すことができる。もしかしたらダンスという名目で、案外バイトセックスをしているのではないかと思うことの方が自然だろう。

もともと、SMもセックスも大好きなマリだから、恐らく、何の抵抗もなく日常生活の中にとり入れているのではないだろうか。

事実、坂井氏が返信を必要とする大事なメールをしても、5時間も6時間も、時には10時間以上も返信のない時がしょっ中あるという。

客の相手をしている時は決して電話に出ないし、メールをしても返信することはないので、そのことをマリに言うと、たまたま、メールを見てなかっただけのこと……と白々しく言い訳をするだけである。しかし坂井氏には明らかに週に何回か、何人かのSM客と会っているに違いないと思わせるほど、日常の行動が不透明なのだ。

そのくせ、坂井氏と2人だけで逢うと、好きよ！　愛してるよ！　とか、私を捨てないでね！　とよくいうらしい。マリにしてみれば彼らとは、恋愛感情はなく、ただのビジネスだから、と言いたいところだろう。いずれにしても、坂井氏が彼女の浮気というか、バイトセックスの現場を見た訳ではないので、厳しく追い詰めることはできないので、とり敢えず彼女の言うことを信ずるしかなかったようだ。

しかし、たまたま、ある日の夜、マリとホテルで関係した時に、恐らく彼女が他の男とSMプレイで傷をつけてしまったと思われる乳房をまたも発見したのだ。この傷は、麻縄できつく縛られて吊るされた時にしかできないと思われる鮮やかな赤い擦り傷が残っており、しかも、尻部にもムチかラケットで叩かれて青黒い痣ができているのを見つけたのである。そのことを追求すると、マリはなぜか黙ってしまい、言い訳すらしないのだ。かと言って、その事実を認めようともしなかったらしい。

そんなことがあって間もなく、坂井氏はマリに将来のために医療関係の、ある特殊な検査技術を勉強することを奨めたのだ。この特殊技術をマスターするには早い人で約半年、長い人だと１年もかかる。普通は入社してから色々な仕事をして、時間のある時に練習するのだが、彼女は普通のＯＬとして入社するには、余りにも何もできない珍しい人だった。ＯＬなら誰でもできるパソコンが全く打てず、字も汚い。その上、何の資格も特技も持ち合わせていないから余計に厄介である。

そのために、わざわざ最高級のパソコン（プリンター付）まで買ってあげたのに、全く触れてもいないという。そこで、もう一度、試しに数枚の原稿を渡して打ってみてくれ！　と言って渡した原稿が、またもや３ヶ月たっても、戻ってこない。練習をしようとする気すら全くないらしい。普通のＯＬができることとぐらい、ひと通りできるようにと思って気をつかってあげたのだが、どうもやる気が起きないらしい。

そのくせ、ダンスともなると昼も夜も関係なく、何時間でもやれるらしい。どうやら、このダンスは、彼女にとってＳＭセックスか、それ以上に何か興奮させられるものがあるのではないだろうか。先日などはダンスのための準備体操で四つん這いになって思いっきり脚を開く体操をして、両膝の内側が５センチ位の円型に青黒く内出血しているのを見て、本当にこれがダンスのための柔軟体操だろうか？　と疑ったものだ。もしかしたら、ＳＭ客のために床の上で馬乗りにされて歩き回されたのではないかと思ったのだが、マリは「そんなことはない、本当にダンスのための柔軟体操です」と言う。

最近、高校や大学、一般のアスリートたちでもイジメや暴力が問題になっているが、これなども本当に体操だとしたらイジメに該当するものだと思う。パンティストッキングの上からでも、その痣は実に鮮やかに見えるだけに不審に思う。まして、プロでもなく、単なる趣味のために集まってやっているダンスのはずなのに？

ところが、次回はニーサポーターをしてやったので、余り痣が目立たなくなったとのことだったが、右膝だけがまだ黒くなっていたので、「どうしたの？　片脚だけ！」と言ったところ、サポーターを片方だけ忘れてしまったので、と言う。どこまでが本当で嘘なのかは分からないが、常識的に考えても、たかがダンスの練習で、そこまでやる必要があるのだろうか？

しかも先日、マリは他のＳＭ嬢の話として「裸で床の上を四つん這いになって馬乗りにされた女の子がいた」と話していたが、あれは本当は自分のことではないか、と思ったものだ。確かに変質的な趣向のＳ男がいることは分かるが、御主人様から金をもらってやるので、文句も言えないのだろう。いずれにしても、ダンスのための体操とはいえ、女性の指導員が女性に対してやらせるものとしては余りにも不自然である。

それから間もなくして、マリは医療関係の特殊な検査技術の修得のために、坂井氏の会社に週に３日ほど通ってくるようになったという。しかし、１日の練習時間は僅か2時間、長くても3時間位だから、マスターするまでには、まだまだ相当な時間がかかるものと思った。しかも、ダンスのあとに来て練習したり、特殊練習した後に夜のダンスに通ったりしていて、ダンスを休む日などはほとんどないのである。マリはどんなに体調が悪くてもダンスは休まないが、特殊技術の練習には余り身が入らないようだ。

また、パソコンも時間があったら、少しでも練習するように言っているのだが、パソコンに触れる姿を見たことは一度もない。やっぱり、この女はダンス以外に何をやらせても駄目ではないかと半ば諦めるしかなかったようだ。

夏の暑いある日、坂井氏はマリとホテルに行き、一緒にお風呂に入ったのだが、彼女の陰毛が全くないのに驚いたのだ。ＳＭ嬢というのは麻縄で縛られ、それを股間を通して縛り上げられることがしばしばあるので、陰毛がヴァギナに喰い込んだり、ロープで擦り切れて怪我をすることが多いので、予め剃るか脱毛してしまうＳＭ嬢も多いという。坂井氏はどちらかと言えば、陰毛のない、いわゆるパイパンの方が好きであるところから、坂井氏が悦ぶだろうと思って、意識的に陰毛を剃ってくれたのだろうか。

その辺のことをマリに詳しく聞いてみたところ、自分も生理の時に、陰毛が経血で汚れたりして不潔感があるので、一時的な剃毛ではなく、脱毛サロンに通って、全身の完全脱毛に挑戦中だという。数ケ月から2年ほどかけてやれば、完全脱毛できるので通うことにしたというのだ。

欧米ではヘアーの手入れは当たり前らしい。特にフランスではヘアーが不快な臭いのもととなるので、思春期から処理をする女の子が一般的だと言われている。イスラム圏でもアンダーヘアー除去の習慣があるらしい。欧米では妊婦が出産時には陰毛を除去しておくのがエチケットであるらしい。それは出産直後に会陰部の切開縫合が行われるが、たまに陰毛まで縫い込んで、引きつりを起こさないためとも言われており、また性交中に陰毛をまき込んで怪我をしないようにする意味もあるという。

一方、男性でもコンドームの装着時に陰毛をまき込まないようにするとともに、ペニス自体を大きく見せることが目的で脱毛している者もいるという。そもそもアンダーヘアーは何のためにあるのか？　考えてみても特にプラスになると思われることはほとんどないように思われる。女性でも陰部が広範囲にわたって剛毛だと威圧感で男の側が引いてしまう人もいるという。逆に、女性の陰部に毛がないと興奮しないという人もいるので、どっちがいいとか、悪いとかではなく、要はお互いの好みに合わせるのが一番良いのだろう。今まで日本では腋毛を剃るのが女性の身だしなみとなっていたが、最近では陰毛を剃るか脱毛する女性も増えてきたようだ。近い将来、日本も欧米並みになるかもしれない。

坂井氏はマリの陰部をじっと見つめながらなぜか不思議な気分になっていたようだ。マリの顔と陰部を見比べて、純真無垢な彼女の少女時代を想像していたのである。この陰部だけを見ていると、まさか10年間もの長い間に延べ約5,000人もの男を受け入れていた陰部だったとは思えないほど綺麗で少女のようだったのである。

坂井氏はマリの綺麗に脱毛された陰部に思わず興奮し、持参した麻縄で彼女を上半身から徐々に縛り、最後に股縄を通しヴァギナを刺激したところ、思わずマリも興奮して嬌声を上げたという。そこで坂井氏は緊縛したままのマリをホテルの部屋の外側にある庭付きの露天風呂の脇にある卍型の鉄製の塀にくくり付け、ムチで全身を叩いたという。

悲鳴を上げるマリに坂井氏は容赦なくローソクの火を全身に浴びせ、肌にこびりついたロウをムチで叩き落としたらしい。そしてマリを鉄格子から離すと、今度はそのまま湯煙りの立ち昇る露天風呂の中に緊縛したまま浸けたという。そして5分ほどして湯からマリを引き上げたところ、麻縄が水を吸い込んで縮んだため、縄が肌に強く喰い込んでしまったという。股縄がヴァギナにきつく喰いこんでしまったためマリはうまく歩くことも出来ず、ヨロヨロ状態になってしまったらしい。坂井氏はマリに「ちゃんと歩け！」と叱ったのだが、それでもマリは立ったままだったという。そこで坂井氏は、またも容赦なく湯で濡れた肌に思いっきりムチを叩きこんだのだ。

今までに坂井氏は、こんな乱暴なプレイをしたことは一度もなかったのだが、なぜか、その日は無償にマリを虐めたくなってしまったという。

今までのマリの不透明な言動から坂井氏が突然豹変し、こんな行動に出たのも何となく分かる気もしないではないのだが、その結果、マリが怒ったわけでもなく、実際には快楽に浸って腰が抜けたようになり、歩けなくなったと後で告白したらしい。

今まで仕事として好きでもない客のために、ある程度は痛さや熱さにも、辛さにも耐えてきたのだが、愛情を感じている坂井氏に同じようなことをされると、それは快楽に変わり、思わず興奮してしまったらしい。

ＳＭ趣向のない人には、ちょっと理解しにくいことではあるが、愛し合い、信頼しあっている仲でのことだとそんなことになるらしい。但し、マリは酒を飲んだ時の夫の暴力には耐えられず、10年以上も別居しているのだが、同じ暴力的な行為でも時と場合、内容によって大きく変わるようだ。坂井氏は歩けなくなったマリの体から麻縄を解き、寝室に戻った2人は、かつてないほど燃えたという。ＳＭプレイの奥の深さに驚くしかないのだが、最近のマリは坂井氏のペニスをヴァギナに出し入れされるより、アナルの方がより快感が得られ、潮を吹く時も、アナルの方がその回数も多いという。マリの話によると、10年間のＳＭ生活に於いても、アナルよりはヴァギナの方が快感が得られたというから、これも愛人関係にある坂井氏だからこそアナルの悦びが得られたのだろう。

マリは坂井氏と一緒だと、いつどこで体のどの部分を触られても快感が得られると言っていたが、街を一緒に歩いていても、電車の中でも、タクシーの中でも、坂井氏がマリの体の一部に触れるとマリも思わず反応して、坂井氏のペニスに触ろうと手を出してくるらしい。45歳の中年のおばさんと、75歳の老人とのこの関係は普通の一般人には、ちょっと理解できない関係でもあるようだ。

第6章

堕落の道から立ち直れないマリ

暑い7月の半ば、マリは珍しく明るい感じの服装で出勤し、医療の特殊検査技術の練習に3時間ほど費やした。午後、5時半になったら何か用事があるとかで、帰るとのことだった。5時頃になって、マリが少し疲れたというので坂井氏はこれもまた特殊な治療器を使って彼女の全身を治療したのである。その時、たまたま治療中のスカートの下に履いているパンティが目に入った。Tバッグの黒いセクシーなパンティだった。どこに行くのか知らないが、こんなにセクシーな下着をつけて、おしゃれをして今夜はどこに行くのか？　と思ったが野暮なことは尋くまいと思って、そのまま5時半まで治療した。彼女はいつもより明るい感じで坂井氏に帰りの挨拶をして出て行った。それから間もなくして坂井氏の携帯にマリからのメールが入ってきた。別にこれといった用事がある訳ではないが、「今日も一日楽しかった」とか「明日のデートを楽しみにしています」といった程度のものが、立て続けに2回ほど送られてきた。

坂井氏は7時に帰宅し、家族と夕食をとり、8時頃自室に戻ってマリ宛に3回ほどメールを送った。1回目は8時、2回目は9時半、3回目は11時と3回も異なった内容のメールを送ったが、ついにその日の夜は一切返信は返ってこなかったという。今夜はどこに行ったのか、何をしているのか、と思いながら坂井氏は12時半頃、床についたという。

翌朝、坂井氏は9時に出勤し、「昨夜は3度もメールを送ったが、貴女からは何故か1度も返信がなかった」とメールしたところ、「ご免なさい！　昨晩はお友達とお酒を飲んだりして、少し遅くなってしまったので、返信できませんでした」との返信があり、「今日は貴方とのデートを楽しみにしています」と。

それから、午後2時頃になって、彼女は出勤してきた。顔は笑っているが何か辛そうな仕草《しぐさ》であった。「どうしたの？」と尋くと、昨晩、ちょっと無理して手と腕を捻挫してしまった、とのことであった。「何をしたの？」と尋いても明確な答えは返ってこなかった。ペンを持っても字が書けないこと、両手が上に上がらず、頭髪のリボンが自分では結べないこと、背中の方に手が回らず、自分でブラジャーのホックが留められないことなど、ショッキングな話を聞かされたらしい。坂井氏は特殊治療器で治療してあげようと別室の治療室に彼女を連れて行き、裸にして全身をチェックしたのだ。

それを見て余りの衝撃に言葉を失ってしまったらしい。まず、全身に麻縄で縛られた後の痣が至る所に見られ、特に乳房の回り、腕、腰、脚には明らかな縛りの跡、臀部は左右とも全体に青黒く内出血してスパンキングされたことが歴然と残っていたのだ。さらに股縄で強く締め上げられたのか、会陰部が2ヶ所ほど切れていたのだ。

これは明らかに昨晩、ＳＭ客とかなり過激なプレイを行ったことが明白であった。「誰とこんなことをしたんだ？」と尋くと、「別居中の旦那にやられたの！」と嘘をついたのだ。10年間も別居中の旦那と久し振りに会って、ＳＭプレイをするなんて考えられはないし、まして、旦那には、そのようなＳＭの性癖があるなんて聞いたこともない。マリがＳＭ嬢になったのは10年も前のことであるし、それは明らかに嘘であると見破ったのである。そして、「本当は何処で誰とやったんだ？」と問い詰めたところ、「実は麻布のＳＭホテルで、以前話したことのある博多の共産党幹部のＳ氏と……」とのことであった。

またよりによって共産党のサド公爵とは……情けない。マリは5時半に会社を出て、6時半には麻布のＳＭ専用ホテルに着き、そこで約4時間もの長時間に亘って裸にされ、全身を縛られ、吊るされ、叩かれ、ローソクを浴びせられ、大人の玩具で陰部をかき回され、全身を傷だらけにされてしまったのだ。その上、浣腸されて、自分のウンチを食べさせられ、全身にウンチを塗りたくられ、アナルとヴァギナを交互に遊ばれたという。

そしてプレイ料は破格の20万円ももらったという。ホテルを出てから六本木の寿司屋に行って、一緒に食事をして帰宅したら、午前1時を過ぎてしまっていたらしい。

そして結果的に、左腕は完全にマヒ状態にされ、全治２ヶ月位の怪我である。この共産党のサド公爵は70歳代で、２～３ヶ月に１度、博多から上京して共産党本部に顔を出しているらしいが、毎度のことながら前日は必ずマリを呼び出してＳＭプレイに興じていたらしい。

共産党員にもこんな変わった奴がいたとは驚きである。この男は他のＳＭ嬢とも時々遊んでいるらしいが、時にはＳＭホテルで泊まり込んで明け方までＳＭプレイに興じ、そんな時は40万円位を払って遊ぶという。

普通、こんなＳＭプレイやセックスをして遊ぶ時に、自分の身分を隠すのが普通なのに、よりによって、自分は共産党の幹部だと名乗っているのも異常としか思えない。

もしも偽名を名乗り身分も共産党員だと偽って遊んでいるとしたら、共産党にしてみたらいい迷惑であるが、10年間の間にマリとは何十回も関係してきたので、恐らく本当の身分を名乗っていたものと思われる。それにしてもマリは「今まで私は以前の客と関係なんかしていません」と言っていたが、これで、今まで言っていたことが全て嘘であることが判明したのだ。

20万円も貰えるから付き合ったのか、ＳＭセックスが好きで、つい行ってしまったのかは分からないが、あとで「私と彼とは主従関係にあったので……つい……」と言っていたが、いくらＳＭ関係における主従関係があるとはいえ、ＳＭ同好会でもあるまいし、金が貰えなかったら行く筈などない。いずれにしても、今まで何回か、かつてのＳＭ客と関係していたことだけは確かであることが、これではっきりしてしまったのだ。

何ていうことだ。今まで何時間もメールの返信がなかったことが幾度もあったが、明確な証拠がなかったから、強く責めることはできなかったが、今回の件で彼女の過去の嘘が否定できなくなってしまったのだ。それにしても、腕の筋が切れるほどの荒っぽいＳＭプレイは、腕を堅く拘束されて長時間吊るされていたからだろう。いくら自分が好きなＳＭプレイだとはいえ、こんなにされてまで大人しく、いいなりになるとは――。

共産党のサド公爵が20万円も払ったのは、その怪我の治療費も含めてのことだったのだろう。坂井氏は、彼女の腕の怪我を治療するために約1時間ほどかけて、特殊な治療用磁気を使って治療したのだ。それでいくらかは楽になったようだが、完治するまでには相当の時間がかかるだろうと坂井氏は予測したようだ。

この日の夜、坂井氏は彼女とデートの約束をしていたが、気分が悪くて、とてもそんな気になれず、家に帰ってしまったらしい。坂井氏は２ヶ月前にマリにゴルフ道具とゴルフ用の靴や洋服なども買ってあげ、ゴルフ練習場に連れて行きインストラクターまでつけてあげ、もうすぐ軽井沢のゴルフ場へ泊りがけで連れて行く約束をしていたのだが、これでは間違っても当分ゴルフなどできるはずがないことが判ったので、予約していたホテルとゴルフ場をキャンセルしなければならなくなったらしい。

それだけではなく、医療用の特殊検査も左手で操作するので、折角上達した技術も無駄にしてしまったことが残念に思えてならなかった。もう少しで、一人前のオペレーターとして、１日に１～２万は稼げるようになった筈なのに、これで当分何もできなくなってしまったことが残念でならなかったという。本来なら彼女とはここで別れを宣告するべきなのに、今回もなぜか、それができずにいる自分が情けなく思うと言っていた。坂井氏は毎日30～40分、彼女の腕の治療を続けた結果、１週間毎に、徐々に回復の兆しが見えてきた。全治２ヶ月であった怪我も３週間ほどしたら、腕も漸く上にあがるようになったらしい。そして、４週間目にはゴルフの練習ができるようになったので、５週間目には軽井沢へゴルフに行くことができたという。

坂井氏はマリに、改めて携帯電話の番号とメールアドレスを変えるように要求した。そして漸く、新しい電話番号が決まったので、とり敢えず安心したらしいが、彼女が自分からかつてのＳＭ客に自分の方から新しい電話番号やメールアドレスを教えてしまえば、全く意味がなくなってしまう。坂井氏はそのことが気になって何回も確認したのだが、「誰にも教えていません」と言うらしいが、その裏づけを取ることはできなかったので、彼女の言うことをただ信ずるしかなかったらしい。

しかし、その後もマリにメールを送っても、何時間も返信の来ないことがしばしばあったので、恐らく「ダンスの教習所に行っていたので、その間は電話やメールをチェックできなかった」と言うだけで、真実のほどは不明のままであったようだ。それにしても、会社を6時に出て、夜の11時頃まで5時間もの長い間、携帯のメールをチェックすることができないというのは理由にならない。休憩をしたり、食事をしたり、トイレにいく時間もあるはずである。それよりも、ダンスは普通、1時間から長くて2時間位のトレーニングで終わるはずなのに、仮にダンスが終わったあと、ダンス仲間と、一緒に食事に行くにしても、バッグの中から携帯を取り出して、チェックすることができないはずはないのである。

昼間も午前10時頃から、夕方5時頃までよくダンスに行っているというが、昼食もとらなければならないはずだし、それでも往き帰りの時間を除いても、趣味のために毎日9時間以上も踊り続けるなどということがあるだろうか？　そのことを坂井氏が厳しく追及すると、「今日はネイルサロンに行った」とか「整体に行った」とか「活け花の先生の所に行って来た」とか「美容院に行った」などと、次々と言い訳ばかりするらしい。

時には「母に連れ添って病院に行った」「親戚の社長がうちで働いてみないか、と言ったので、面接に行った」とか――。「親戚の会社で働く気があるのか？」というと「その気はない」という。「その気がないのに面接に行くのは、却って失礼になるのでは！」というと黙ってしまう。

要するに、この日も坂井氏に言えないことがあって、苦し紛れの嘘をついたことだけは間違いないのだ。坂井氏が何かを言えば、必ず別の理由をつけて言い訳をする始末である。そして、特殊な医療の検査技術をマスターするための時間を割いてしまうのである。仮に本当にダンスに明け暮れているとしたら、ダンス中毒で狂っているとしかいいようがない。

20歳の娘と二人暮らしで坂井氏からの援助金30万円を除けば無収入である。45歳にもなって、プロのダンサーになれるわけでもないし、また年齢的にも無理であるだけに、何かが狂っているとしか思えない。ダンスに通っているほとんどの人は、昼間働いて夜、習いに行くＯＬや学生である。昼間習いに行く女性は、稼ぎの良いご主人がいて、働かずに趣味に没頭できる家庭の主婦か、セレブのスポンサーがついている愛人くらいのものである。それでも、夜は早めに、ご主人や家族のために帰らなければならないはずである。

健康にはとてもよいし、ストレスの発散にはなるというが、マリのダンス狂いは異常で病的としか言いようがない。だから彼女は時々、かつてのSM客と週に何回か会って関係をもっていると考えるのが自然だと坂井氏は思っていたようだ。SM嬢としての現役時代は、毎日、午後1時から客をとっていたのだから、昼といわず、夜といわず、客の要請があればダンスを休んででも関係をもっていても不思議ではないと想像してしまうという。

しかし、既にIUDは取り外してあるので、以前のようにコンドームも使用せず、アフターピルでも服用しなかったら妊娠の危険率は極めて高くなるので、かつてのような奔放なセックスはできないはずだが、実際のところは本人しか分からない。

マリはそれなりに勉強し、練習中の医療関係の特殊検査試験にも合格したので、坂井氏は10月からは、正規の社員として採用するので、今までのように、出勤したり、しなかったり、出勤時間もほとんど午後の2時か3時だったものを、9月からは朝10時半から11時までに出勤し、夕方は6時まで勤務できるように、努力するように言ったのだが、相変わらず、ダンス、ダンス、ダンスで、出勤時間もいい加減で、これでは到底10

月から正規の社員として勤務するのは無理だと思うようになったらしい。

その間、坂井氏はマリができるだけ表社会の仕事、或いは坂井氏の仕事が如何に社会的に有意義なことであるかを理解させるために、出張に同伴させたり、講演の助手としてパワーポイントによるＤＶＤの映写を手伝わせたり、様々な会に同伴させて勉強などさせたりしたらしい。

またゴルフにも2度ほど付き合わせたりもしたという。だいぶ、表社会の生活が分かってきたようだが、それでも昼間のダンスがやめられず、何だかんだと理由付けをして休んだり、遅い時間に出勤するらしい。そして夜はまたダンスである。時間のある時は少しでもパソコンを習え、と言っても全くその気配さえ見せない。坂井氏が買い与えた高級パソコンは、坂井氏のデスクの脇に置かれたままである。坂井氏はマリの将来を心配して、少しでもまともな仕事に、一日でも早く就けるように、何かとアドバイスをしてあげているのだが、どうしても優先的にダンスの方に気持ちが向いてしまうようだ。

記憶力も良く、英語もそこそこ話せるし、客の接待役として連れて行くと如才ない対応で客の心を引きつけてくれるので、評判もよいのだが、いざ仕事となると、まるで対応できなくなってしまう。そして、坂井氏とデートの約束をしても、待ち合わせた時間に来たことはほとんどなく、30分や40分、時には1時間以上も遅れることがある。然も、その約束の時間はマリ自身が決めた時間なのに守れないのである。

もっともデートだけではなく、「明日の朝は11時に出勤します」とメールがあっても、その時間までに来たことは一度もないし、それが午後の2時であれば、3時位になるのが当たり前らしい。ダンスが始まる時間も終わる時間も決まっているのだから、2時に来れないなら、最初から「3時に出勤します」と言えば良いものを、常にやや早めの時間を提示するので呆れるしかないという。

そして、坂井氏とデートをした夜は、必ず一緒に食事して、別れる時にはいつも彼女がタクシーで帰れるように、予めタクシーチケットを一冊渡してある。彼女と夜、デートして別れた後、彼女は必ずタクシーの中から坂井氏宛に「今夜も楽しかった。料理も美味しかった。ありがとう！」とメールが来る。そして、帰宅すると、寝る前に〝おやすみ〟メールが来るが、坂井氏と一緒でない夜は、いくらこちらがメールしても、何時間経っても返信メールの来ないことが多いと言う。その辺がどうも納得いかないらしい。

9月になったばかりのある夜、ひょんなことから、坂井氏は彼女のヴァギナに手を差し入れたのだが、何か奥の方に異物があるように感じたので、おかしいと思い、「お前、この中に何か変な物を誰かに入れられていないか？」と尋いたところ、「えっ？　まさか？　もしかしたら昨日、オナニーをした時に指サックを入れ忘れたのかしら？」と平然と言うのだ。まさか、45歳にもなっているおばさんがオナニー？　信じられない。まして、昨日は「娘のＰＴＡの会合があって、午後から出掛けるので、会社を休みます」とのメールがあったばかりである。

朝、娘が出掛けた後は、いつも掃除に洗濯、娘のための夜の食事まで、ほとんど毎日作り置きしているというのに、そんなに慌ただしい朝にオナニーなどする筈もないし、そんな気分になることすら考えられない。

彼女はフィストファックもできるので、坂井氏は手にローションをたっぷりとつけて、中にある異物を取りだそうとしたが、なかなか思うようにいかない。マリが言うように指サックのような小さい物ではなく、かなり大きな物が入っていると想像したのだ。そこで坂井氏は、「昨日、ＰＴＡの会合があったというのは嘘だろう！」「ＳＭ客と関係した時、その客がマリに内緒でヴァギナの中に何かを入れて、取りだすのを忘れたか、分からないように客がわざと中に入れておいたのではないか！」と言ったらしい。すると彼女はそれを否定することもなく、ただ黙っていたのだ。結局、中の物は出せなかったので諦め、「明日、産婦人科に行って出してもらってきなさい」と言ったのである。しかし、彼女は、その夜、何とか自分で取り出そうと必死にヴァギナの中に指を入れて、あえて取り出そうとしたがうまくいかず、逆に引っ掻いて傷を作ってしまい、出血してしまったらしい。

結局、諦めて病院に行って診てもらったところ、中には何も入っていなかった——と言われたらしい。中に傷がついてしまったので、一応、消毒だけしてもらって帰ってきました、と言うのだが、坂井氏はそこに立ち会ったわけではないので、マリの言うことを信ずるしかなかったようだ。

SM客の中にはSM嬢に内緒でヴァギナの中にピンポン玉やゴルフボールなどの異物を入れて、素知らぬ顔をして帰ってしまう客などが、よくいるらしい、と聞いたことがあったので、今回も恐らくそのようなことをされてしまったのではないかと思ったらしい。医者に行って診てもらった時、何かが入っていたとしても、本人は本当のことを言う筈はないのだから。翌日、坂井氏は彼女とホテルに行き、再度、ヴァギナの奥を探ってみたところ、あの時、指先に触れた堅い異物がなかったので、間違いなく、医者に取りだしてもらったのだと確信したようだ。

坂井氏は異物が中に入っていると思ったのは、かつてマリのヴァギナにはIUDが入れてあったので、指を入れると堅い物に触れることが分かっていたので、坂井氏は思わず「貴女はまたＩＵＤを入れたの？」と尋いたところ、「そんな物は入れていません」とはっきり言ったので、今回は間違いなく、何か妙な堅い物を入れられたことだけは確かだと確信したらしい。　だからこそ、彼女は自分で必死に取り出そうとしたり、医者にも行ったのだ。彼女があの日、オナニーをした、というのは言い訳であって、客と関係したとは言えないので、苦し紛れにオナニーをした時に置き忘れた指サックではないかと偽ったのだ。指サックなら、そんなに堅くない筈なのに。

いずれにしても、客と何の関係もしていなかったら、慌てて、取り出そうとして、引っ掻いたり、医者などに行く必要はなかった筈である。身に覚えがあるからこそ、もしかしたらということで、坂井氏に取り出して下さい、と言ったりしたのだ。そうでなければ、あれほど焦ったり、慌てる必要はなかったはずである。

この女はどこまでいっても、かつてのＳＭ客と縁が切れず、しかも携帯電話の番号やメールアドレスまで変えたのに、実際には自分の方から、それを客に教えて関係していたのではないだろうか。情けないというより坂井氏は悲しくなってしまったという。一旦、ＳＭセックスを覚えてしまうと、麻薬のような感覚になってしまい、然も、自分は何の努力もせず、客の言いなりにさえなっていれば、それ相当の金が入り、自らも快楽に浸ることができるので、病みつきになってしまったのかもしれない。

坂井氏は、5ヶ月ほど前に、マリから「ダンスで新しい創作の踊りをしたいので、麻縄が欲しい」と言われたので、わざわざ東急ハンズまで行って、15メートルほどの麻縄を3本ほど買ってきてマリにあげたことを想い出したのだ。自分がかつてSMの現役時代に麻縄で縛られるのが何よりも好きだ、と言っていたのを思うと、この麻縄を使ってダンスに採り入れるということは、却っておかしいと思ったのだ。しかも、ダンスに採り入れるなら、わざわざ麻縄を指定するのではなく、もっとソフトで赤や青、黄色などの柔らかい縄の方がいい筈である。これは坂井氏の知らないところで、自分と以前のSM客との快楽のために坂井氏に買わせたものだろう。こんなことまで、坂井氏を利用するとは、とんでもない女である。

マリは40代半ばの、中年のおばさんだが、みんなから綺麗だ、美人だ、スタイルがいい、知的な女性だと言われてきたので、自分は男にはいくらでももてる、と思っている筈である。とくに勘違いしやすいのは、SM売春婦とはいえ、男の客から指名があると、自分は惚れられているとか、もてているんだと思いこんでしまう可能性がある。しかし、客はそんなことを思って指名するわけではなく、SMという一般的には考えられないような激しいプレイをし、セックスをして、代償として金を払って別れるだけのことである。

確かに遊ぶ分にはマリは色々と愉しませてくれるので、最高の女だが、過去何千人もの男と体を重ね、麻縄で縛られ、吊るされ、叩かれ、熱いローソクを全身に浴びせられ、アナルやヴァギナを交互に責められ、ウンチを塗られたり、食べたり、オシッコをかけられたり精液や尿を飲んだり、ありとあらゆる性具や異物をアナルやヴァギナに突っこまれたりして、出血したり怪我をさせられたりしてきた中年のＳＭ売春婦である。

将来のために結婚して面倒をみたいとか、一般社会人として普通の会社で働けるように、自分を犠牲にしてでも、生活の援助をしようと考える男性がいるのだろうか。

その場限りの遊び目的ならいくらでもいるだろうが、真剣に彼女の将来や身体を心配して手助けしてくれるものなどいなくて当然である。坂井氏は彼女の側にいるだけで何かホッとするような温もりと、癒しの雰囲気がたまらず、その上、知的で物静かな言動に酔わされ、惚れこんでしまったらしい。何もよりによって、これほどまで汚れきった過去を持った女のために、誠心誠意を尽くす愚かな自分に呆れてしまってもいたようだ。

マリにとって過去を完全に消し去ることはできないだろうが、それでも、あのような闇社会から脱け出し、陽の当たるごく普通の会社のＯＬとして働けるチャンスを作ってもらっているのだから、間違っても過去に関わった客と関係を持つなどは決して許されることではないはずである。にも拘わらず実際には、今でも指名がかかると会いに行ってしまう抑制力のなさは、まさに性的な精神疾患であるとしか思えないのだ。

彼女には坂井氏から毎月30万円の他に、時には10万円、またある時は、5万円と小遣いを渡してあげ、日用品や身の回りのものまで買ってあげており、然も別居中の夫からは毎月10万円の家賃が自動的に振り込まれているので、実際の生活には何の支障もないはずである。それに加えて正式に坂井氏の会社で働くことになれば、更に最低23万円の給料が保障されているのだから、経済的には全く問題がないはずである。

それでも他の男との関係を持ち続けたいのであれば、当然、坂井氏と別れるべきである。坂井氏にしても、そんなに、いつまでも過去を引きずるようなら、別れてあげたほうが彼女のためでもあると思うようになったらしい。それよりもこんな淫売な女に惚れて尽くしてきた自分が余りにも惨めだと思っていたようだ。

坂井氏はふとフランスの哲学者で文学者でもあった、あの偉大なサルトルのことを想い出したという。サルトルも若い頃、初めて知り合った女性はシモーヌ・カミーユサンという売春婦であったという。彼女と知り合ったのは、たまたまある葬式の席上で、当時サルトルが19歳、シモーヌが23歳のときであった。若い二人はその日からべッドインしたまま、４昼夜、一時も離れられずセックスに興じていたという。ついに業を煮やした親戚の者たちが２人を無理矢理に引き離したが、サルトルとシモーヌの関係はその後、５年以上も続いたと言われている。

また、暴力を嫌った無抵抗主義者の提唱者でもあるインドのガンジーは大変好色であったとも伝えられているが、彼はヒンズー教の信奉者として禁欲を余儀なくされていたようだ。しかし、彼を崇拝して近づく女性は多く、そのためについ関係をもってしまったことも多かったと伝えられている。たまたまガンジーの父親が危篤に陥り、その報を受けつつも彼は妻とのセックスに夢中で、ついに臨終には間に合わなかったという。そしてガンジーはそのときのことが終生忘れられず、後悔と罪悪感に苦悩し続けたとも伝えられている。

歴史的にこれほどの偉い人であっても、こと性《セックス》のこととなると必ずしもコントロールがきかなかったのは男として自然であるが、坂井氏のように、人生を知り尽くし歳をとった男が、サルトルのように、売春婦に惚れて尽くしてきたのにも拘らず、その女に不貞で裏切られ続け、これ以上面倒をみることはできないと決断し、ある日、彼女との永遠の別れを宣言したらしい。

にも拘わらず、それから僅か数日後に、マリから「お元気ですか？　たまにはお会いできたら嬉しいんですが……」とのメールがあったらしい。実は坂井氏も会いたいと思っていたらしく、「明日の夜、会おう！」ということになり、結局、２人の関係はまた振り出しに戻ってしまったという。

「英雄色を好む！」から英雄になれるのだと、坂井氏は自分に言い聞かせて自分を慰めるより仕方がなかったようだ。自己嫌悪に陥りながらも坂井氏はマリとの逢瀬をまたも楽しんでいたようだ。

第7章

ヴァギナに咲いた胡蝶蘭の花

マリがＳＭ業界から足を洗って早くも10ヶ月余りの歳月が経っている。坂井氏はマリがＳＭの仕事を辞める一ヶ月前に客として知り合ったばかりであるが、初対面の坂井氏にマリが、この仕事をあと一ヶ月で辞めると言った時、坂井氏は大変歓んだらしい。ＳＭの客とはいえ、坂井氏はマリに対して大変紳士的に対応したらしい。だからマリは引退後もこの人とならお付き合いしてもいいかなと思ったようだ。普通、ＳＭ嬢といえば仕事柄、虫ケラ扱いにされても仕方のない立場ではあったが、坂井氏はなぜか彼女の暖かい雰囲気と魅力に惹かれ、マリを一人の女として人間として暖かく扱ってくれた唯一の客でもあったようだ。

２人とも今さら結婚は考えてはいなかったようだが、できるだけ末永くお付き合いできるように、そして、マリの生活も将来安定した形で幸せになれるようにしてあげたい、と坂井氏は思い彼女の将来における生活設計まで立ててあげようと真剣に考えていたようだ。そのためには大学こそ出ているが、何の取り柄も資格も技術もないマリのためにどうしたら良いか悩んでいたという。

経営者として社会的にそこそこ成功している坂井氏としては、ＳＭの世界から足を洗ったマリが全く働きもせず、趣味のダンスに明け暮れているのに、いささか不安を抱いたようだ。「このまま、ずっとこんな生活をしていたら君の将来が心配だよ」と言って、将来のことにつき、マリ本人より坂井氏の方が心配して何かと気づかっていたようだ。

毎日のように、昼も夜もダンスに明け暮れているマリに坂井氏は少々呆れ、焦立ちすら抱き始めていたようだ。今まで、まともな仕事をして稼いだ貯金でダンスに浸るならまだしも、他人には言えない裏社会で稼いだ金でＳＭ界をリタイアしたあとも引き続き好きなダンスのみに浸り、「いざまともな仕事を――となると給料も安いし、そういう意味ではそれほど張り合いがあるわけではない」何だかんだ言っても、自分の好きなＳＭプレイに浸り、毎日見知らぬ男性と気持ち良いセックスに興じてきただけで、大きな稼ぎをしてきたわけだから、無理もないが、どこかで思い切らなければ決して社会復帰など期待できるものではないだろう。

ＳＭの仕事も、ダンスも、どちらかといえば頭を使うより体を使うだけの本能的なことだから、デスクワークに馴染むにはかなりの覚悟と時間が必要になるだろう。

それでも坂井氏はマリのために、何だかんだと気を遣ってあげていたようだ。『マリは自分の将来なんてどうでもいい、どうせあと5年位の命だ』とも言っていたらしい。しかし、坂井氏の励ましで自分のような者でもまだまだ生きていけるんだ、やれるんだと思うようになったらしい。あと5年という数字がどうして出てきたのか分からないが、マリは身も心もズタズタでボロボロだと思っており、病死するか、追い詰められて自殺するか――己の人生を半ば諦め、放棄していたようだが、坂井氏との出遭いによって、自分の人生に対する希望のようなものが何となく湧いてきたらしい。

坂井氏は、プロのＳＭ嬢というものが、社会的にどういう評価をされているのかマリに教えたらしい。一般的にＳＭの行為そのものが特殊な変態プレイであるとは言え、結局はセックスをするための前戯であり一般的には変態行為として扱われている。しかも、最終的にはセックスをするわけだから、それは売春という犯罪になるんだ、と教えたらしい。

それを聞くなり、マリは自分のしていることが売春行為であり犯罪に当たるなどと今まで考えたことなどなかったらしい。フリーセックスの今日、マリも性に対する感覚が少々麻痺していたようだ。

坂井氏は彼女に限らず他のＳＭ嬢の何人かと話したことがあるが、ほとんどのＳＭ嬢が自分の仕事に対する羞恥心であるとか、コンプレックスとか、それが犯罪行為にあたるとか、考えたこともないようだ。むしろ誇りにさえ思っているＳＭ嬢さえおり、人前で堂々と「私の仕事はＳＭ嬢です」と言い放っている女の子すらいたのだから。

「でも、あなたのしていることは変態の一種だと思うが――」と言うと「そうかもしれません」と応え、平然としているという。「普通の人は、汗水たらして働いているのに――」と言うと、「私たちも汗も水（尿）も便（浣腸）も出させられ、叩かれたり、痣ができたり、時には出血したり、骨折したり、筋を切ってしまったりで大変な肉体労働なんですよ」と言う。そう言われてみれば確かにそうかもしれないと坂井氏は思ったようだ。でもＳＭ嬢たちに誇りなんかないだろう、と思っていろいろと聞いてみると、これが何と「ＳＭポリシー」なるものをもっていたのには驚いたようだ。

そこで、「ＳＭポリシーとは何か？」と坂井氏はもう一歩突っ込んで訊いてみたところ、「ＳＭプレイは男と女の究極の性戯であり、人間のみに与えられた神聖な性の趣向であり、芸術である」と言うらしい。神聖なものかどうかはとも角、「男と女の究極の性戯である」という点にはそれなりに納得したという。確かに、ＳＭプレイに傾倒しているＳＭ女性も大卒や大学院卒が多く、客の男性もほとんどが同じ傾向にあり、社会的には医師、法律家、政治家、大学教授、芸能人、会社の社長や部長クラスに多いという。

その点、学歴の低い肉体労働者や知的レベルの低い男性は、ほとんどが、ただセックス（射精）することのみで、前戯を工夫するとか時間をかけて女性を悦ばせるテクニックに欠けているという。しかし、ＳＭ趣向の男性は、「女性の体をいかにセクシーで美しく、魅力的にするかに心を砕き、奥の深い芸術性を探し求める」と言う。その結果、女性の悦びと肉体の芸術性と快楽を共有するのだと言う。

そう言われてみれば分からないこともないが、それはお互いに愛し合い、信頼しあっている間柄ならばの話であって、全く見知らぬ男女が、ただ快楽の追求と己の性欲を満たすために金を払い、一方、その金を受け取るというのは買春と売春のビジネスということになるのではないだろうか。

それにしても、10年間もの間、約5､000人もの男性客と戯れ、肉体関係をもってきたことが、どれほどマリの肉体を汚く傷つけ、精神的にダメージを受けたか計りしれないものがあるように思うが、本人はそのことを余り自覚していないようだと坂井氏は言う。もし他人に対して誇れるような仕事なら、親兄弟、娘や親戚、友達にも話しているはずである。ある意味「自分は変態だ」と自覚しているのだ。だからといって今更どうにもならない過去を消すこともできないし、万一、自分の過去を知っている人が友人や知人に話したとしたらどうなるのか――。

そんなマリの悩みを打ち消すがために坂井氏は暖かい励ましと優しさを繰り返し生活費の援助もし続け、かつ最終的には坂井氏の関係企業の中で社会的にも誇れるような特殊な技術を身につけさせてあげようと考えたらしい。

そこで坂井氏は「もう少し社会的にも意義のある仕事で、誰からも高く評価され、しかも貴女に合う仕事があるはずだ」と言って、坂井氏の経営する関連会社で働くように勧めたらしい。でもマリにしてみれば過去10年もの間、裏社会で生きてきて、普通のＯＬなら誰でもできるパソコンも簡単な事務系の仕事すらもできないのに、そんなキチンとした会社の中で働けるわけがないと思っていたようだ。それでも坂井氏は「大丈夫！　何とかなる、任せておきなさい」と言って、励ましてくれたらしい。

そんなマリを坂井氏は何度も突き放し、「お前のような奴はもう面倒をみきれない。ＳＭの世界に出戻りでもしたらいい」と何度も厳しく叱ったこともあったようだ。それでもマリは坂井氏に対して愛情があったのか、或いは何らかの期待感があって坂井氏から離れようとしなかったのか、坂井氏に惨々罵詈雑言を浴びせられながらも耐えて従いてきたらしい。もしもこれがＭ系の女性でなかったら、とっくに怒って別れていただろう。

ＳＭの世界ではサドの男性客がＳＭ嬢に対して肉体的暴力の他に、精神的な言葉によるヒドイ虐めなんかもあるらしい。例えば「ブスとか、豚とか、犬畜生とか、人間のクズとかカス」とか、言われたこともあるらしい。そんな罵詈雑言にも耐えてきていたので、慣れていたのか、我慢していたのか分からないが、それに対して決して反諭してこなかったらしい。

そんなマリではあったが、坂井氏は逆に新たな魅力すら感じて可愛い奴、と思うようになったという。

マリの娘も20歳になり、有名大学に通っているが、アルバイトなどしつつも、毎日きちんと決まった時間に帰宅して勉強しているらしい。マリはこの娘がまだ8歳ぐらいの時からSM嬢として毎日のように、1日平均3人ほどの男に抱かれ、夜は毎日12時頃に帰宅しても文句も、泣きごとも言わず、マリが作り置きしておいた夕食をただ一人で食べ、勉強した後は風呂に入り、静かに寝ていたようだ。こんな生活を10年間も続けていたのに、娘は全く問題も起さず、家で留守番をしていたというから驚くしかない。

にも拘わらず、かつてマリは休日には歳下の彼氏とデートしたり、ダンスの練習などに行ってしまうので、娘と2人で、ゆっくりと会話をしたり一緒に食事をすることなど滅多になかったらしい。それなのに、どうしてこんなにもできの良い娘でいられるのか不思議である。これこそが本当の意味での反面教師ということになるのかもしれない。

坂井氏もこの娘とは何回か会って食事をしたことがあるらしいが、本当に美人で上品な良い娘さんで驚いた、と言っていた。坂井氏は自分の娘にしたいくらいだ、とも言っていたのが印象的であった。もっとも、もともと母親はとびきりの美人で性格も穏やかなので娘が良いのは当然ではあるが、母親がＳＭ嬢で10年もの間、実質的にはプロの売春婦であったことなど知らず、どんな仕事かも知らず、自分のために日夜遅くまで働いていてくれると思っていたのだろう。

坂井氏はそのことを考えて、マリが一日でも早く、表社会の一般的な普通の仕事ができる環境を整えてあげ、しかもマリ自身がいくつかの資格や特殊技術を身につけてくれることを願っていたのである。

坂井氏は先ずマリがいろいろな資格を取る前にすぐにでも役立ち、金になる仕事の技術を身につけさせようと考えたが、その技術をマスターするためには、毎日２〜３時間ほど練習を積んでも早くて半年から１年もかかるが、やってみるか？　と問うたところ、「やりたい」と言ったので、早速その練習にとりかかる準備に入ったようだ。がしかし、いざとなると、なかなか思うように馴れず、不安に陥ったり自信喪失から、「もう自分には、この仕事が向かないのではないか」とか「到底、自分にはマスターできない仕事」と思うようになってしまったらしい。

そんなマリを坂井氏は激励しながらも、気分転換にゴルフを教え、ゴルフの練習場通いまでさせたのである。そうしているうちに特殊技能のオペレーターとして十分にやれるかもしれない可能性が見えてきたのである。

ところが、そんなある日、坂井氏は突如怒りだし、またもやマリに絶縁状を叩きつけてしまったのです。マリが毎日のように出勤して技術を身につけるものと思っていたのに、「今日はダンスに行きますので休みます」とか「今日は○○の用事ができたので」「今日は急用ができてしまったので――」といったことが増え、週に2日、多くても3日、それも1日に僅か1時間か、長くても2時間位しか練習しないマリに対し坂井氏は怒りを爆発させてしまったらしい。

毎日2時間から3時間練習しても、半年から1年もかかるのに、「何てことだ！」「やる気がないのでは！」然もダンスなどは昼間に行かなくても夜のコースに行けば良いのにと思っていただけに――マリより坂井氏の方がマリの将来を心配し、気遣いをしてあげているのに、本人は他人事のようだと怒ってしまったのである。

普通のOLなどは朝早くから夕方まで、しっかり働いて、夜、習いごとに通っているのに、マリは午後の3時か3時半頃に来て、6時頃には帰ってしまう。午前中は洗濯をしたり、掃除をしたり、娘の夜の食事を作り置きしたりで時間を潰すというが、朝は毎日7時半には起きているし、しかも2部屋しかないのだから、掃除するのも簡単なはず。家から会社までの通勤時間も30分、家にいるならパソコンの練習も十分できる時間があるのに、全く進歩がないのはなぜか？　もしかしたら、昔のSM時代の客とバイトセックスをしているのではないかと、またも疑ってしまう。もし本当に真剣に表社会で働き、生活の基盤をつくろうと考えるなら、何らかの特技を身につけなければならないのは当然のこと。そのためには人の何倍も努力をするのが当たり前だろう。坂井氏はマリに対してそのようなことを繰り返し何回も言ってきたようだ。にも拘わらず他にバイトをするわけでもなく、だらだらとした生活を送っているマリに焦ら立つのは当然である。SM時代は昼の1時頃から客をとっていたわけだから、昼間、ダンスの練習と称して客をとっていると思われても仕方がないし、昼間にダンスのレッスンをしたのに、また夜も別の教習所に通う、というのは言い訳であって、実は夜も客をとっているのではないか？と疑うのも自然ではないだろうか。本人は絶対にそんなことはありません、と全面的に否定するが、それを裏づけるものはない。

そこで坂井氏は我慢できずに絶縁状を出してしまったらしい。それでも次の日になってマリから、また今日も会社に伺いますので宜しく——とメールが来ると坂井氏は何も言えず許してしまうようだ。坂井氏はマリの日常生活の裏付けを取るべく、何回か興信所を使おうとしたが、できなかったようだ。それはマリを信じてあげたいという気持ちと事実を知ってしまうことの怖さも半ば働いていたからだという。

そんなマリは坂井氏と逢うたびに一緒に食事をし、週に2回位はホテルに行っているらしく、別れる、別れないの話はいつの間にかどこかにいってしまうようだ。しかも、マリは最近、坂井氏に「私を捨てないで！」というメールやら、「私を坂井氏のペットにして！」などと可愛いことを言ってくるらしい。そしてホテルの部屋に入るや否や坂井氏に抱きついて甘えるらしい。すると何か言おうとしていた坂井氏も、思わず黙って何も言えなくなってしまうという。

普通、ＳＭ嬢は馴染みの客にホテルに呼ばれて部屋に入るなり、「会いたかったふり」「甘えたふり」をしてお客に抱きつくケースが多い。マリは坂井氏に対して本気で抱きついてきたのか、ＳＭ時代の習慣でそうしたのか分からないが、男の客で抱きつかれて気分を悪くする者はほとんどいないだろう。何か言おうと思った坂井氏も、こんな所でムードを壊すようなことは言えないので、つい沈黙してしまうらしい。

そんなことを何回か繰り返しながらも、坂井氏とマリは日毎に愛情を深め、誰が見ても恋人同士か愛し合っている夫婦のように見えるほど親密になっていったようだ。

そんなある日、マリが坂井氏に対し「私の陰毛を全て脱毛しようか？」と持ちかけられたという。最初、坂井氏はマリの陰毛を時々剃ってあげていたので、〝脱毛〟の意味が一瞬分からず、剃毛と脱毛を同じ意味にとらえていたらしいが、結局、脱毛というのは2度と毛が生えてこないように脱毛サロンに行って、特殊なワックスを塗ったり、レーザーを使ったりして約一年ほどで完全に脱毛する方法らしい。

剃毛は剃り跡が薄黒く残って見えるが脱毛だと完全に肌色に同化して、生まれながらのパイパンに見える。こうすれば、恥丘の丸みも綺麗になり、これを歓ぶ男性は圧倒的に多い。また、生理中の不快感もなくなり汗をかいてもムレず、かゆみ、かぶれや、あの生理独特のニオイも軽減され、性器の周辺を清潔に保つことができる。

また、セックスにおいても無毛の方が密着度も高まり視覚的にも若い少女のように見えるので、より興奮を呼び込んでくれるという。フェラチオをしても陰毛が口に入ったりすることもなく、性交時に毛を巻きこんでペニスに傷をつけることもなくなるし、ＳＭプレイで股間に麻縄を通しても切れたりすることもなくなるから、ＳＭ嬢には特に歓迎されるらしい。

最近、欧米や中東では脱毛しているのが常識でマナーでもあるという。事実、欧米のポルノビデオを観ると、男優までもが脱毛していることに気づく。

ところで、マリが脱毛することに対して坂井氏は同調はしても異議を唱える気持は全くなかったようである。しかし、マリの本当の目的は脱毛したあと、ヴァギナ（陰部）に胡蝶蘭の刺青を入れることが目的であったようだ。それはピンク色の胡蝶蘭の花言葉に「あなただけを愛します」とあり、白のそれは「私の愛は変わりません」という意味があるので、その2つの意味をこめた胡蝶蘭をヴァギナに咲かせ、自分の坂井氏に対する愛はこの通りであり、私は命賭けで永遠にあなただけを愛します、とのメッセージを伝えたかったのだという。

坂井氏は週に1回はマリの陰毛を剃るのが当たり前のように思い、またそれが趣味ではないかと思っていたのですが、実際は剃るのが趣味ではなく陰毛が嫌いであったようだ。それならいっそのこと完全脱毛をしてしまえば歓ばれるだろうし、胡蝶蘭の刺青を施すことで、2度とプロのSMの世界には戻らないという自分自身に対する戒めであり、坂井氏に対する忠誠の意味もあったようだ。マリはこれからの自分の生活において、彼以外にこの花を見せることは決してない。もしあるとすれば自分がこの世の中から消えるときであるとの誓いをするために決めたことであるらしい。

そう決めた2ヶ月後、マリは見事な胡蝶蘭をヴァギナに刺青したのである。たまたま坂井氏が2週間ほど海外出張をした留守に施したという。坂井氏は何も知らずに帰国して、久しぶりのデートに嬉々としていた。ホテルで一緒にお風呂に入ろうとしたとき、坂井氏は思わず、言葉を呑みこんでしまった。マリのヴァギナにあまりにも見事でセクシーな胡蝶蘭が咲いていたからだ。

その美しさもさることながら、ヴァギナに咲いている胡蝶蘭の谷間から一滴《ひとしずく》の愛液が滲み出ているのを見て、しばらくは沈黙したままであったという。そしてマリは、「この花は貴男だけに贈る唯一の花であり、私の全てです。私はこれからの人生において、この花を見たり触れることのできるのは貴男だけです」と言い、２つの胡蝶蘭の花言葉を告げたらしい。

今まで何千人もの男に股間を貫かれ、いたぶられてきたヴァギナに、胡蝶蘭を彫ることでマリは坂井氏に永遠の愛を誓いたかったのだという。10年間もＳＭの生活で働き続け、精神も肉体もボロボロになったが、その傷を癒すことができるのは唯一この胡蝶蘭と坂井氏だけです、と言いたかったらしい。そしてさらに「もしも（坂井氏が）マリよりも先に逝ってしまったら、私もすぐその後を追います。今の私にとって唯一の生甲斐は貴男（坂井氏）だけです」と涙ながらに言ったらしい。

坂井氏はそれを聞いて、今度こそマリは本気で忌まわしい過去を懺悔し、汚れきった10年間のＳＭ生活とボロボロになった心と体を綺麗に洗い清め、出直すために胡蝶蘭に自分の真意を託したことに感動したという。間違っても他人には見せることのできない淫靡な胡蝶蘭の花――その花の中に坂井氏だけが自らをいつでも自由に差し入れることができる歓びを味わったのである。そして、坂井氏は生きている限り、マリのために働き、マリを生涯幸せにすることを誓ったのである。

その日の夜、2人は片時も離れず、抱き合ったまま朝を迎えたという。

それからマリは毎日のように朝早くから、坂井氏の会社に通い特殊な検査技術を勉強したという。しかし、その技術を仕事として使えるようになるまでは、まだあと2、3ヶ月はかかるという。厳しいこの業にマリはかなり疲れ気味になっていたようだ。

それでもマリは毎日坂井氏と会えることを楽しみに出勤している。そしてほとんど1日おきぐらいに夕食を共にし、2日に1回、もしくは3日に1回はホテルに行って抱き合っているという。マリはあと数年で更年期がくるというのに、SM時代より肌も艶やかになり、色気も増してきた。その上、性欲はまったく衰えを見せず、相変わらずSMプレイにも積極的らしい。最近は食欲も増し、元気になったようだ。

ヴァギナの胡蝶蘭はなぜか以前より艶かしく、興奮するとさらに色が鮮やかに映えるという。それは恐らく局所の血液循環がよくなり充血するせいではないかと話していた。そんなにも美しく鮮やかに咲いている胡蝶蘭を独占しながら鑑賞でき、自由に触れることのできる坂井氏が羨ましく思えるのだった。

これでマリは永遠の愛と幸せをつかんだものと思ったのである。

第8章

懺悔なきSM嬢の死

マリがプロのSMの世界からリタイアしてもうすでに12ヶ月になろうとしている。確かに所属していたSMクラブは辞めたのは事実だがSMプレイが嫌いになったわけではなく、坂井氏との間ではSMを通して個人的にはより親密になり、愛情も増しはしたが、坂井氏のマリに対する信頼は必ずしも増したわけではなかったようだ。2人の性的関係は多い時だと2日に1回、少ないときでも週に2回ほどはあるという。75歳にもなっている坂井氏が、20代や30代の若者よりも元気なのはどうしてなのだろうか。

坂井氏の3人目の奥様は坂井氏より32歳も年下であるが、夫婦関係はすでに15年も前から絶たれているというのに、マリとの関係においては最も元気な青春時代そのものである。それにはきっと何か特別な秘密があるに違いない——きっと〝バイアグラ〟のような性的興奮剤のようなものを服用していると思っていたが、実はそうではないことが判った。

彼はすでに30年以上も前から健康と若さ、精力の維持に良いと思われる栄養補助食品を毎日、朝、昼、晩に20数種類も摂り続け、好きなタバコも止め、日常の食生活は野菜や魚介類、穀物などを中心としたもので肉類は月に2～3回位しか摂らないらしい。

運動はたまにゴルフをやる程度で特に何かをやっているわけではないが、そこそこ理想的な体重だけは維持しているようだ。血圧も血糖値もコレステロールも全く問題なく、肝機能や腎臓機能も正常だという。食欲もあり、しかも酒は３６５日、一度も欠かしたことがないという。羨ましい限りである。しかも、ここ2、30年、風邪すらも引いたことがなく、体調は若い頃と比べると格段にいいという。75歳と言えば、一般的には後期高齢者として特別扱いされても不思議ではないが、彼は年令相応の扱いをされることを、ことさらに嫌い、電車に乗っていても親切に席など譲られると逆に「ムカッ」としてしまうらしい。

人の親切に対して失礼に思うが、自分はそんな老人に見えたのかと思うと、自分自身にムカついてくるという。だから電車に乗ってもなるべくドア付近に立ち、席が空いていても、よほどでない限り座ろうとはしないらしい。若い20代の女子社員と一緒に行動しているときも、逆に彼女の荷物を持ってあげたり、空席があれば彼女を優先的に座らせているようだ。通勤にはできるだけ車を使わず電車に乗ったり、階段を昇ったりしてエスカレーターやエレベータには乗らないようにしているらしい。ただし、毎晩のように酒を呑むので、酒を呑んだ夜だけは必ずタクシーで帰るという。その理由は酒の臭いを車内に撒き散らすのは恥ずかしいことだし、他人の迷惑になるので避けているとのこと。

坂井氏の傘下にある会社は全部で7社ほどあり、いずれも健康関連の会社であり、従業員数も50人ほどで、そのほとんどが女子社員ばかりらしい。社員の約半数以上は独身者ばかりで、そのうち8人は30代と40代の女性だという。そして男性社員は坂井氏以外には誰もいないという男性天国でもある。そして、毎晩のように2、3人の女子社員やマリを連れて食事などにも行っているらしい。また沖縄から北海道まで全国出張も多く、その仕事に合った女子社員を秘書として同伴しているという。

そんなことから社長の坂井氏にすり寄ってくる女子社員も多いらしい。しかし、坂井氏は、かつて社員の1人を彼女にして6年以上もつき合ったが、社内的に随分不評をかったことがあったので、彼女が退職してからは2度と社員には手を出すまいと決めていたらしい。がしかし、マリも結局は坂井氏の会社の社員になる予定だが、彼女だけは正社員ではなく、フリーのアルバイト社員として能率給だけのパートで働けるようにしたらしい。

そうすれば坂井氏が出張などの時には自由に連れて行けるし、一緒に温泉やゴルフなどにも行けるし、特に誰からも疑われないので、そのようにしたらしい。

マリと2人だけで温泉に行くにしても、陰部は無毛で、その上、胡蝶蘭の刺青があるので大浴場などにマリを入れるわけにはいかないので、部屋に露天風呂付きのある高級な温泉ホテルばかりを探して行っているという。にも拘らず、マリは温泉に行くと部屋付きの露天風呂の他に、必ず大衆浴場に一人で行くという。「折角だから、ちょっと覗いてみる」と言って出かけてから4、50分ほどしてから戻ってくるらしい。その辺が納得できないと坂井氏は言っていた。

それにしても、ヴァギナに咲いている胡蝶蘭の花を是非一度、写真だけでもいいから見せてもらえないものか坂井氏に頼んでみたところ、マリさえ承知してくれればオーケーだということだったが、それから10日後、坂井氏から連絡があり、「それだけは駄目です」とマリから返信があったと伝えられ、少々がっかりしながらも納得するしかなかった。

それでこそ、マリが坂井氏に誓った誠意の表れだとして納得するしかなかった。マリの坂井氏に対するこれほどの忠誠心と思い入れがあるのにも拘わらず、坂井氏はまだマリを１００パーセント信ずることができなかったらしい。それはマリがＳＭの業界からリタイアしたといっても、かつての客の何人かに自分の携帯電話とメールアドレスを教えていたので、恐らく何人かの客とは今でも時々会っては関係を持っているのではないかと信じて疑わなかったようである。

マリはリタイアした後、働きもせずに毎日趣味のジャズダンスやベリーダンスに昼も夜もレッスンに通っているというが、ほとんどの人が昼間働いて、夜レッスンに通うか、昼間なら学生かセレブの主婦か大スポンサー付きのお妾でもなければ出来るはずがないと坂井氏は思ったらしい。それを毎日、午前10時から、夜の10時頃までレッスンに通うなんて常識的には考えられないと思ったようである。

もっともマリがベリーダンスが好きでやめられないのにも理由があるように思えた。もともとベリーダンスは「子宮の踊り」と言われており、マリのセックス好きと、ベリーダンスには、それなりの因果関係があるのではないかと思えるのだった。

それにしても、毎日、毎晩のように、練習場やスタジオが異なっており、埼玉県の大宮に行ったり、千葉県に行ったり、都内も場所がしょっ中変わっているので、それは恐らく、以前の客が指定する場所（ホテル）に通っているのだろうと考えたようである。マリはそんなことはないと否定し続けていたが、坂井氏がマリとメールで連絡のやり取りが出来るのは、午前8時頃から11時頃までで、それ以降はいくらメールしても先ず返信が来ない日が多かったという。

つまり、ダンスのレッスンをしていることは事実であるが、その間、休憩もあれば、食事をする時間もあるはずなのに、メールの返信がないということは客とホテルにいることを意味していると坂井氏は言うのだ。

つまり、ＳＭ嬢は、客と接触中は携帯電話をマナーモードにして決して携帯電話に出るようなことは失礼になるのでしないからだ、というのです。かつて、１日に平均３人もの客をとっていたのだから、今でも１日に１人や２人ぐらいの客を扱うことは決して難しくはないというのです。マリは決してそんなことはないと言うのだが、マリの立場にしてみれば、そのように言うしかないのだろう。

事実、坂井氏と知り合って１ヶ月もしないうちに、他の客のことを全て忘れて、高齢の坂井氏とだけ付き合うことなど考えられないというのです。

マリがプロのＳＭ嬢を辞めて、既に12ヶ月。その間、坂井氏は毎月30万円の手当をあげたり、時には更に10万円をプラスしたりして、マリの生活に支障を起こさないように気をつかっていたらしいが、マリの日常生活から平日、何をして時間を過ごしているのか実態が見えないと言う。普通、家庭の主婦は朝起きて、簡単な朝食を作り、掃除や洗濯をしても、大体、午前中にはほとんどすることがなくなってしまう。ところがマリの場合は、２部屋しかないマンションで20歳の娘と２人暮らしで部屋も広くないし、大して汚れることもない。まして、どこにも勤務していないので、逆に時間を持て余しているのが普通なのに、彼女は毎日、日常の雑用に追われて、そこそこ忙しいと言う。坂井氏の会社でも小さい子供を抱えていながら、朝は9時に出勤し、夕方は6時までしっかりと働いている社員が何人もいるのに、別に特に忙しいとか、大変だとかの泣き言を聞いたことがない。ましてマリは働かずにおり、毎日、ベリーダンスやジャズダンスのレッスンに通ったり、お花を活けに師匠のもとに通ったり、爪のマニキュアに通ったり、時々、整体にも行っているという。

そんな優雅なマリの生活に坂井氏はずっと不審を抱いていたようだ。今日は昼からダンスのレッスンで○○に行きますと言うらしいが、このようなレッスンは普通大体1時間、長くても2時間位で終わるという。それなのにマリは夕方までダンスのレッスン、そしてまた夜もどこかのスタジオに通っているという。OLや家庭の主婦が昼間働きながらダンスのレッスンに通うとしたら、夜と土曜日くらいしか時間がない。それも週に精々2日、多くて3日位である。にも拘わらず、マリはほとんど毎日のようにレッスンに通っているという。

坂井氏はマリが特別な検査技術をマスターするために、できるだけ毎日会社に来て習うように言っているらしい。それも一日に僅か1時間か長くても2時間位の練習である。それでもマリは週に多くても３日位しか来ていないし、練習が終わった後はまたどこかに行き、帰宅は早くて夜の９時、ほとんど10時か11時頃である。

そんなことから、坂井氏は相変らずマリがかつてのＳＭ客と連絡をとり、アルバイトで肉体関係をもっているのではないかと疑っているようだ。そして、時々「マリ、貴女は以前の客から誘いがある度に会っているのだろう」と言うと「私はもうその仕事は辞めたので、そんなことはしていません」と同じ言葉を繰り返すらしい。がしかし、どう考えても常識的に仕事を持たない女が昼前に出かけて、夜遅くまで帰宅しないのは現役のＳＭ時代と何も変わらない。然も、その間、坂井氏が返信を要するようなメールを送っても一切返信がないという。つまり、メールを全く見ようとしないか、見ても返信できる状態にないか、マナーセットをして、バッグの中に入れっ放しにしておけば気づかなくて当然である。

まして、男性客とホテル内で関係している２時間〜３時間は間違っても携帯に手を出すようなことはしないのが、ＳＭ嬢のルールであり、客に対するマナーであるという。

そのようなことから察するに、マリは昼過ぎから夕方の６時前後まで、こちらがいくらメールを送っても、ほとんど返信がない。そして夕方の６時頃たまに返信があるが、その後、何回メールを送っても、その日の夜に返信があるのは稀であるという。

本来携帯電話を持っている者は、マナーにセットしたとしても、何かメールか電話が入っていないか、時々チェックするのが当然なのに。坂井氏が個人的にマリと一緒に3時間ほど過ごしている時、間違っても彼女が携帯電話に手を出したのを1度も見たことがないし、ホテルを出てから一緒に食事に行っても、その間は決して携帯に手を出すことはないという。

その後も、マリは、行先が不透明の日がよくあるらしい。SM客によって怪我をさせられてもセックスだけならできるし、生理中であっても、相手がOKなら歓んで行くような女だから、どうしようもない。坂井氏の話によれば、生理中の最もピークで出血量の多い時でも、マリは「今夜、したいね」と誘ってくるという。これはマゾ女の嗜好の一部なのかもしれない。坂井氏の話によれば、実際、最も出血量の多い時にセックスをして、ベッドのシーツ全体が血だらけになってしまったこともあると言っていた。しかも、アナルセックスを交互にしたために、ウンチと血が混ざって、ベッド上は大変なことになってしまったという。

そんな時でもマリは、坂井氏のペニスを何回も喰わえては、口で洗い清め、再びそれをアナルとヴァギナに交互に入れたり出したりするらしい。そんな時のマリの口もとも、臀部もヴァギナも、腹部も、体中が血とウンチで、大変なことになっていたらしい。

浣腸をしてからすることもあるらしいが、３回に１回は浣腸もせず、そのまま関係することがあるので、どんな事態になるか、やってみなければ分からないという。

それにしても、自分のウンチや生理の血とはいえ、よくも平気で口の中に入れられるものだ、と感心するしかない。こんなことを、10年間もやってきたのかと思うと、複雑な気持ちになると坂井氏は話していた。

過日、共産党のサド公爵に大変な怪我までさせられたとはいえ、次にまた彼から誘いのメールがあれば、恐らく会いに行ってしまうに違いないと、坂井氏は言っていた。そして前回の怪我の件を説明して、怪我をしないように気をつけるから、との約束を取りつけられれば間違いなく、麻布のＳＭホテルに駆けつけるであろう、と坂井氏は確信していたようだ。然もこの間の共産党員とのＳＭプレーは、その当時、参議員選の真っ最中にこれだから、大したもんだと思う。

博多は地元だから、知り合いが多いので、あえて東京で遊ぶのかもしれないが、過失傷害を堂々とやりこなし、買春している共産党の地方幹部のこの実体を党の幹部や本部の者たちは知っているのだろうか？　それとも本部の連中も逆に地方に行ったら同じように豪遊しているのではないかと思ってしまう。最近、共産党の人気が上がっているように見えるが、綺麗ごとばかりを看板にしている共産党に騙されている良心的な国民が気の毒に思うと、坂井氏は語っていた。

それにしても、そんな男の屑みたいな老人に一時的な遊びとはいえ、従《つ》いていくマリの神経もやはり異常としか思えないと坂井氏は語っていた。それでも坂井氏がマリと別れることができないのは、何か、それだけの魅力が彼女にはあるのだろう。

坂井氏は、マリとデートして「今日はどこのホテルにしようか?」と訊くと○○ホテルがいい、あそこには、こんな設備があるとか、あそこには裏玄関から入れるので、他人の目に気づかれにくいとか、代金は後払いで良いとか、次々と色々なホテルの名前と特徴を得意になって教えてくれるらしい。マリは親切のつもりで言っているのだろうが、坂井氏にしてみれば、その都度「この女は、東京中のラブホテルのほとんどを制覇してしまい、ホテルの受付穣とも顔馴染みになっているのではないか」と思うと言っていた。坂井氏はマリを自分だけの彼女と思って2人でそのホテルに入っても、ホテル側は「マリさんは、今日は高齢のおじいさんか」などと心の中で思っているのではないか?　とつい思ってしまうという。

マリは自分が売春をしていることを、ホテル側の者に知られることに何の抵抗もないらしい。麻布のＳＭホテルなどは、受け付けのおばさんたちとすっかり親しくなってしまっているという。いつか一人の客とのプレイが終わっても、次の客が同じホテルを予約していると、一旦、ホテルの外に出て、そこで携帯で何号室を予約したのかを確認すると、再び同じホテルに戻り、その客の部屋の番号を言って、部屋に入れてもらっているという。まるで肉体のオートセールス、というか、切り売りみたいなことをしているのだ。

マリがＳＭの世界を辞めた後も、実はこのホテルをよく使っていたらしい。共産党のサド公爵とも、ＳＭクラブを辞めたあと、何度もここでデートしているし、坂井氏とも何回かここに出入りしている。坂井氏はマリと自分だけは、特別の関係で金で買っているのではない——とホテル側には思われたいが、マリはそんなことは一切関係なく、喜々として、このホテルに何回も出入りしている。然も、このホテルの売店に売っているセクシーな下着や大人の玩具などを客や坂井氏に何回か買ってもらっているらしい。恐らくホテルの受け付けのおばさんは、こんなマリには呆れているのではないだろうか。

45歳にもなって、21歳の娘がいて、恥ずかしくはないのだろうか。余りにも堂々としているマリの態度に坂井氏も驚いていたようだ。

もともとSM嬢に羞恥心などあるわけもないが、SMの世界を辞めても堂々とSM売春をしていることに何の抵抗もなく出入りすることが不思議である。坂井氏がSM女優のチコともこのホテルに行った時、彼女は「うわあ、嬉しい、何年ぶりかしら──2年前はこのホテルで撮影したのよ」なんて平気で歓びを顕わにし、むしろ感激していたようだという。

もともと羞恥心のない女がSM嬢になったのか、SM嬢になってから羞恥心が欠落してしまったのか？　得意になって、変わったラブホテルを次々と教えては自己満足している。最近の風潮としては、朝から若い男女が堂々とラブホテルに入り、自分の好みの部屋を選び、満室の場合は、空くまで待合所で待機している。決して悪いことをしているわけではないから構わないが、SM嬢やデリヘル嬢は売春のためにホテルに出入りするのだが、いずれにしても堂々と受け付けに、既に待機している客の部屋番号を告げ、自分の名前を告げて入室許可を取っている。これが当たり前になってしまっている。

マリに初めて会った頃、1ヶ月にいくら位稼ぎますか？　と聞くと、ざっと100万円位になるかしら、と言っていたにも拘わらず、最近、同じことを聞くと「いえ、多くても60万円、精々50万円位です」と言い変えるようになった。恐らく私はそんなにお金を持っているわけではないと坂井氏に言いたかったのではないか。働いていたSM店の男に「２００万円、貸して！」と言われても、「はい！」と言って、いとも簡単に金を貸してしまうくらいの余裕があったのに。SMクラブの男性従業員の給料などたかが知れている。彼らに金を貸したら最後、決して返してくれることなんかあり得ないと常識的には分かるのだが、M系女性は人が良くて、断ることが下手なのだ。

店の男は、マリたちが何をして、どうやって稼いでいるかを知っているし、いくら位貯めているかも知っているので、当たり前のように借金を申し込んでくるようだ。

マリは癌の母を抱え、治療費も高く、娘の大学受験と入学した時の入学金やら学費の分まで貯めていたのに、SM店を辞めるまでに、返してもらうこともなく、諦めざるを得なかったようだ。２００万円もの大金を貯めるには、何だかんだと差し引いても半年以上はかかるという。肉体を犠牲にして稼いだ金が、あっという間に水泡と化してしまったのだ。それもSM嬢という職業上の宿命というか悲劇としか言いようがない。

だから、マリは坂井氏に世話になりながらも、共産党の変態野郎に声をかけられると一瞬、頭の中に20万円の金が浮かんできて、つい断ることができなかったのだろう。

断ることが出来ないというより、有り難い！　嬉しい！　と思ったはずである。しかも、過去の現役時代から、4年も5年も付き合ってきたのだから、今更、綺麗ごとを言って断る理由もなかっただろうし、もともとSM嬢という職業柄、貞操感など皆無なので、ごく自然に受け入れてしまったものと思われる。

しかし、坂井氏の立場にしてみれば、そのまま看過する訳にもいかないし、まして、自分の彼女として、将来の面倒をみるために、何かと気をつかい、援助をしてあげているのだから、このまま放っておくわけにはいかなかったのだろう。そこで今回は、かなり強硬に、別れ話を強く主張したために、さすがのマリも、今度こそ坂井氏に自分は捨てられるかもしれないと漸く追い詰められて気づいたようである。

そんなある日、マリから昼前にメールが入った。「すぐにでも会いたい！　今日は早く会社に行きたい」と。しかし、マリは来なかった……。そして4時半頃、突然マリからメールが入った。

「突然、来客があり外出できなかったが、これからそちらに向かいます」と。5時頃にマリは会社に顔を出した。坂井氏は怒りを堪えながら、彼女のかつての怪我の治療を1時間ほど施し、マリは30分ほど特殊検査機の練習をして帰った。

その夜、怒りの治まらない坂井氏はマリに強硬なメールを送ったのだ。突然、来客があった、と言うが、4時間もの間、その来客と何を話したのか？　もし大事な用件があって来られたとしても、4時間もの間、話し込むこと自体が異常に思える。（あとで判ったことは、保険の外交員の女性が保険契約の更新と、保険の外務員になって働かないかと誘われたという）マリはすぐにでも会社に行きたいと言っていながら、4時間もの間、坂井氏にメールをしないでいることの方が不自然で非常識である。

だから坂井氏は悪い方に考え、急に以前の客からメールがあり、デートしたい旨の誘いがあったのではないか？　と考えたらしい。だからメールをしたくてもＳＭ客と同室していたからできなかったのではないかと思ったようだ。それを裏付けるものとして、マリが5時頃出社して、即、1時間ほど坂井氏が治療している時に顔の一部から首にかけて化粧が汗ではがれ落ちたように見えたので、これはやっぱりホテルで慌ただしくシャワーを浴びて表面的な化粧崩れだけを直して夕方出勤して来たのではないかと確信したようである。「お前は遂に堕ちる所まで堕ち、救いようのない腐ったＳＭの婆さん売春婦になり下がった最低、最悪の女だ」とメールを送ったらしい。

もはやマリは朽ち果てるまで、この裏社会から足を洗うことはできないのではないか。誇りもなく貞操感もなく、羞恥心もなく、自尊心も失い、ただ本能のまま、欲望のまま、生きているに過ぎない。坂井氏はなんとかマリを表の社会で胸を張って生きられるように、あらゆる手を尽くしてあげたが「もはや打つ手はない。地獄の底にでも堕ちてしまうがいい。明日からは会社には来るな！　2度とお前の顔なんか見たくない」とメールしたところ、そのメールを無視して、「明日、2時に出社して勉強しますので、宜しくね」との返信。いくらM系の女性とは言え、これほど人間性を無視したメールに対して、怒ることもなく、甘えてくる。どういう神経の女なのか？　坂井氏の方が困惑気味であった。

結局、翌日、マリは約束の時間より約30分ほど早く出社し、何事もなかったかのようにニコニコしていたらしい。坂井氏は何も言えなくなってしまったという。そして2人は夜、何ごともなかったように、食事をしてホテルで甘いひとときを沈溺したらしい。

第2部

坂井氏のために、2人だけのために、マリはヴァギナに胡蝶蘭を彫ったはずなのに、そんなことはすっかり忘れ、すでに他の男の何人かに、あの神秘的な、そして時には淫靡は胡蝶蘭を咲かせ、その中に彼らを迎え入れている――としたら『今度こそ許せない』と坂井氏は思ったようだ。

それにしても、この日、どんな急用があったか知らないが、午後一番に新しく変えた携帯の番号を教えますね、と言ったきり、夕方の5時まで、何の言い訳もせず、メール連絡も寄こさなかったマリは、一体どんな神経なんだろうか？　恐らく急に男からデートの連絡があり、時間が迫ってて慌てて外出し、その後、連絡できない状況下にあったのだろう、と想像するしかなかったのだ。

マリは、ふだん、自宅から池袋駅まで自転車で行き、そこから目的とするホテルに向かうのが常だから、急いでいるために自転車に乗りながら携帯メールはできないので、そのままにしているうちに、目的とする客に会うことによって、そこから約2～3時間は携帯をマナーモードにして、それをバックの中にしまっておけば、坂井氏からのメールに気づくことはないし、仮に気づいても客の前で、携帯を操作することはできないので、そのままにしておくしかない。しかも、客とのラブラブ行為中には恐らく坂井氏との約束など忘れてしまっているはずだろう。そして客と別れた直後に、急いでメールを確認したところ、案の定、坂井氏からのメール……が1時から1時間おきにメールが何回か入っていたことを確認したのだろうか。その時の、マリの苦し紛れの言い訳が余りにも的外れなのに坂井氏も呆れ返ったようだ。

携帯の番号やメールアドレスを変えてしまえば、従来のSM客からの連絡はできないが、自分好みの客や、共産党のサド公爵のように乱暴で怪我はさせるが大金を与えてくれる男には、こちらから連絡さえすれば、またいつでも会えるはずである。マリの話によれば、メールアドレスから昔の客の電話番号とアドレスは外した、というが、坂井氏にしてみれば、どれがSM時代の客なのか、その人が誰なのか、分かるはずもない。今までの経緯からすれば、信用できないのが当然である。

電話番号を変えてから既に1ヶ月半ほどになるが、冷静にその間のことを想い返してみると、マリの行動に何回か不審に思うことがあったようだ。訳の分からない急用、理解に苦しむ言い訳をして会社に来ない日や、会社には来たものの、夜、友達との約束があるなどと言って、出掛けた日も何回かあったようだ。

マリが現役のSM嬢として働いている時は、午後の1時から客を取るのが当然であり、1日に平均3人、1人1回、2時間から3時間、お相手をしていたらしい。その当時と比較したら確かに回数は極端に減ったが、今までの経緯をみると、週に1～2日は客をとっていたのではないかと想像できるという。然もヴァギナに胡蝶蘭の刺青をしてからは、逆に客が悦んでアプローチしてくる回数も増えたのではないだろうか。

もともとあの胡蝶蘭は、坂井氏だけのために彫ったはずのものなのに、坂井氏への永遠の愛と貞操、誠意を誓ったはずの象徴であったものだが、早くも複数の男たちのために、晒してしまったようだ。一見、見た目はマリア様みたいに清純そうに見えるマリだが、実際には心身共に汚れて腐りきった女になり下がってしまったようだ。

金さえ貰えれば、誰とでも関係をもってしまう救いようのないＳＭ売春婦！　腐る前なら、何とか手の打ちようもあるが、腐ってしまったら、廃棄処分にするしかない。それでも坂井氏は何とかマリに立ち直るチャンスを見出し、与えてやろうと努めたが、一旦腐ってしまったものは鮮度を取り戻すことはできない。

マリと付き合い始めて約12ヶ月、何度も何度も別れようとした坂井氏だが、その都度、マリから泣きつかれてしまうと、最後の決断ができずに、ズルズルと今日まで来てしまったようだ。普通に会えば、誰からも好感をもたれ、綺麗な人！　優しい感じの上品な主婦のイメージを与えるマリから、なかなか離れられない自分に嫌気さえ覚えたという。また、10月の連休のある日、この日は朝のうちにベリーダンスに行って、午後は坂井氏の会社に顔を出す約束だった。（坂井氏は日曜も休日もほとんど一人で出勤し、雑用をこなしているのが普通だった）この日はゴルフの練習のために神宮外苑にマリと行く約束だった。そして2日後には静岡県で坂井氏の同級生によるゴルフコンペがあり、マリだけは特別に参加することが許されていたのだ。しかし、26号台風が本土を直撃することになるという天気予報のため、コンペは中止にする旨の連絡が入ったのだ。

マリのゴルフバッグは一時的に坂井氏の会社に置いてあったのだが、女性社員ばかりの会社で、マリのバッグだけが置いてあると休み明けに出社した他の社員から誤解を受けるといけないので、マリがこれを取りに来ることになっていたのだ。その上、既に購入してマリに渡しておいた新幹線のキップもキャンセルしなければならないので、そのキップも持ってくる約束だったのだ。この日は祭日だったが、例によって朝11時頃からベリーダンスの練習に行こうとしていたが、朝寝坊をしてしまったので、家の中の片付けも、洗濯などもせず、慌ただしく出かけたらしい。そして、ダンスが1時頃に終わったので、帰宅するが雑用などを済ませてから坂井氏の会社に5時までに顔を出す約束をしたらしい。

しかし、坂井氏はこの日の朝、直接電話で話したり、メールのやり取りをしたが、何となくマリが嘘をついているような、口ごもった話し方、中途半端なメールの内容に不信感を抱いたという。「５時までに来なさい」と言ったら、「５時ですか……はい」と言ったらしい。つまり余り気乗りしない言い方に、坂井氏はピーンと来るものがあったので、次のようなメールをしたらしい。「私はこれから、１時間ごとにメールを入れるので、必ず返信をくれ！」と１時半にメールをしたというのです。ところが、２時半、３時半、４時半、５時半と１時間ごとに４回もメールをしたのに、マリからの返信は１回もなかったらしい。坂井氏は帰るに帰れず、５時45分に再度メールをしたり、電話をしたといいます。そうしたところ、５時50分に「ご免なさい。今朝、寝坊をしたばかりなのに、またも昼寝をしてしまって……遅くなってごめんなさい」そしてその直後のメールでは、「あと10分ほどで着きます。今、タクシーの中です」というメールが来たという。この時、坂井氏は直感で１時半頃から誰かとホテルで○○○していたな、と思ったようです。もし、自宅で寝ていたなら、眼を醒ました時に、時計を見て、「これは大変だ」として、すぐにメールをしてくる筈なのに、いきなり「あと、10分で着きます」ということは、すぐ近くのホテルにいたことを意味している――家からならドア・ツゥ・ドアで約35分、タクシーでも20分はかかるのに、眼を醒ましてから軽く化粧をして、仕度して、飛び出したとしても40分はかかるはず。しかも驚いたことに、坂井氏も見たことのないお洒落な洋服に、イラストのデザインが入ったパンティストッキングまで履いていたという。まして、この日はゴルフバッグを持って帰るために来るだけなのに、そんなお洒落なんかをする必要がないはずである。そのことを坂井氏に指摘されると、マリは弁解できずに沈黙したままだったという。

実はこの件につき、数日後、マリを厳しく追及したところ、「実は以前、SMの仕事で知り合った70歳前後のお年寄りのHさんの老後の健康と生き甲斐を持っていただくために、彼の青山の自宅まで行って、面倒を看てあげたの」という。これだけを聞くと、あたかもボランティアで介護サービスでもしているかのようだが、実際にはそうではなく、元会社社長で一人暮らしの元気なこの老人に呼ばれて、一軒家に伺い、一緒に風呂に入り、既に勃起もしないペニスをほお張り、あとは大人の玩具等で好きなように全身をもて遊ばれたりするために行ったらしい。しかも、この老人とはSMの現役時代から月に最低1回は付き合い、一回に4万円ほどもらっていたと告白したらしい。マリはセックスはしていないので、高齢者が歓んでくれるなら、癒しのために可能な限り彼が悦ぶ方法で尽くしてあげたのだという。

これは人助けにもなるSMのポリシーでもあり、むしろ自分は社会的にも良いことをしていると思っています、と理解に苦しむことを言ったらしい。そこで坂井氏は「あなたのしていることは、金を貰って猥褻な行為をしている犯罪（猥褻罪）になるんだぞ」と言ったらしいが、マリは「そんな馬鹿なこと」と言ったらしい。つまり自分のやっていることに全く罪悪感がなかったらしい。そこで坂井氏は「それじゃ、金をもらわなくても、人助けのために行くのか？」と尋いたところ、沈黙したままだったという。坂井氏にしてみれば、自分もその老人と同じ位の歳か、むしろ自分の方が、歳をとっているかもしれないだけに、余計に割り切れない気持ちだったようである。

それから僅か5日後の日曜日には、3時過ぎに坂井氏の事務所に来る予定であり然もその日はマリの娘と3人で一緒に7時頃から食事に行く約束でもあったが、坂井氏とマリはその前に3時間ほどゆっくりとホテルで愛の交歓をすることになっていたらしい。そして、この日はたまたま朝から雨であったが、マリは美容院に行ってから来る予定であった。ところが、この日もマリから2時少し前にメールがあり、「雨でいやな日、靴が濡れて……」で突然メールは終わってしまった。その後、続きのメールが来るかと思って待っていたが、ついに5時までメールはなかった。その間に坂井氏は何回もメールを送っていたらしい。そして、5時ギリギリになって、「今、近くまで来ています」とメールがあったらしい。つまり、これも前回と同様、近くの新宿のホテル辺りで客と関係してから、一人になった時に慌ただしくメールをよこしたのだろう。さすがの坂井氏も「またか！」と思い、ついに怒りを爆発させてしまったという。そして「ふざけるな！　帰れ！」とメールし、「今夜の夕食はキャンセル！」と再度メールをして、帰宅してしまったらしい。

午後、2時前のメールでは「雨でいやな日。靴が濡れて……」で切れてしまったこのメールの意味は、雨の降る中でマリが誰かと待ち合わせている時に、突如目的とする男が目の前に現れたので、途中でメールを切ってしまったものと思われる。約束したホテルの前辺りで男と待ち合わせていたので、そのまま急いでホテルの中に入ってしまったのだろう。そうすると、客とは大体2時間か3時間位一緒に過ごし、ホテルから出てきてからすぐにメールをくれたようだ。坂井氏と昼間のデートを約束しながら、その間、何の連絡もなく夕方の5時頃になって、突然「今からそちらに伺います」と言う。何と失礼な女だろう。

坂井氏の怒りは頂点に達してしまったようだ。今までに、このようなことは何回かあったが、「どうして連絡をくれないのか？」と尋くと、筋の通らない言い訳ばかりをしていたようだ。それにしても、常識的には理解できない不透明な生活に、何か文句を言うと「ダンスの練習が長引いた」とか「ダンスが終わってから、ダンス仲間と食事に行っていたので……」とかの言い訳をするだけで、しかもその間は、全くメールが来なくなってしまうようだ。いくらダンスを何時間もやるにしても、休憩したり、トイレに行ったり、食事に行ったりするので、そんな時にちょっとメールをチェックすることぐらい可能なはずである。客と一緒の時は、ずっと裸のままだし、側に客がいるので、坂井氏にメールなどできるはずがない。

このように、坂井氏と約束の場所と時間が決まっているのに、いきなり客から連絡があると急遽予定を変更し、そのことを事前に連絡もせず、客のもとに走ってしまう。そうなると坂井氏へのメール連絡はホテルを出て、客と別れてからでないとできないはずである。マリが、いくら言い訳をしても、坂井氏はマリの上司であり、しかも、最も大事にしなければならないスポンサーであり愛人でもある。しかし、毎月、決まった金を前金でマリに渡しているので、マリにしてみれば、いつでも関係がもてる間柄であり、改めて金をもらう必要もないので、他の客からの誘いがあると、そちらをつい優先してしまうようだ。

もともとマリ自身、何でも頼まれたり要求されると断れない性格でもあり、当日客に申し込まれて断ったら、折角のチャンスを失ってしまうことにもなるので、坂井氏よりも優先してしまうようだ。時々こういうことをするマリに対して、「貴女はＳＭ業界からリタイアしたというのに、どうしてつまみ喰いが止められないのか？」というと、「私はそんなことはしてません」と言う。

マリがいくら否定しても、何時間も返信メールをすることができず、その日の行動が不透明で、いくら弁解しても辻褄の合わないことばかりでは、坂井氏が納得する筈がない。どう考えても、マリは月に延べにして、最低でも5、6人の客と関係しているのではないかと思ったようだ。

仮に、5、6人の客をとり、1人平均約3~5万円としても、月に約20万円位の小遣いが入ってくることになる。マリにしてみれば、自分から特に労力を要することもなく、されるがままになって、最後は自分自身も快楽に浸ることができるので、このバイトセックスだけは止められないのではないだろうか。

SMの現役時代には毎日3人位の客をとっていたことを考えれば、これほど楽な仕事はないのだろう。しかも店を通していないので、時間の制約もなく、客によっては関係した後、食事までご馳走してくれることもあるので、マリにとっては有り難いようだ。坂井氏は1ヶ月分のお手当を先渡ししているので、次からはその都度あげるようにしようか、と思ったこともあるらしいが、そうすれば、その都度、マリを金で買うことになるので、それだけはしたくないと言っていた。

それにしても、一旦この世界の味を覚えてしまうと、自分の好きなセックスをするだけで金になるので、止められなくなってしまうのだろう。これは丁度、たばこのニコチン中毒者が一旦、たばこの味を覚えてしまうと、体に悪いことだと分かっていても止められないのと同じで、仮に一旦止めても、誰かに勧められて眼の前にタバコを差し出されると、取り敢えず１本ぐらいならいいか、と思って、つい吸ってしまう、そしてまた暫くすると、あと１本くらいなら、と思いながら結局は止められず吸い続けてしまうようなものだろう。

しかし、これではいつまで経っても、足を洗うことが出来なくなってしまうのではないだろうかと坂井氏は心配していたのだ。しかもヴァギナに胡蝶蘭の刺青がしてあるので興味津々で、客は大歓びでマリを求めてくる回数も増えているのではないだろうか。それにしても、既に45歳、もうすぐ更年期にも入ってしまう。ピチピチの若いＳＭ嬢ならまだいくらでも客を取ることができるだろうが、歳を重ねるにつれ、体全体も陰部も皺も増え、張りもなくなりつつあるので、こんな仕事の寿命もそんなに長くはないのではないだろうか。だから今のうちにやれるだけやろうと思っているのではないだろうか。

マリが坂井氏以外に何人かの男とも客として関係していたことが判ってから数日後、何回目かの別れを宣告し、１年もの長い間、浪費した時間と金を費やしたことで坂井氏の怒りは頂点に達してしまったようだ。坂井氏はマリに対し、「もう二度と会社には顔を出すな！　私が恥ずかしい。もしも、お前が元売春婦であり、しかも今でも時々男に体を売っていることが社員に判ったら、私の立場もなくなり、会社の信用も地に堕ちる」とメールしたという。そうしたところ、驚くべき次のようなメールがきたのだ。「実は私にはもう一人、高校に通っている男の子がいます。また、私の娘は実は別居中の夫の子ではないのです。夫と結婚する前に、夫と並行して付き合っていた男の子供なんです。そして、その人の子を妊娠したことが判ったので慌てて、今の主人と結婚し入籍したのです。でも、別れた男性には妊娠したことは話してありません し、その人が誰で、今どこで何をしているのかも知りません」とのメールが届いたという。

坂井氏はこのメールを見て腰が抜けるほど仰天してしまったという。この1年間余りマリと付き合ってきて、息子までいるなどという話を耳にしたことがなく、ずっと母娘2人だけの生活をしてきたものと思っていたのだ。しかも、何回か娘を交えて食事もしているのに、息子の話など一度も出てきたことがない。どうしてそれを隠していたのか理解できない。しかも、息子は実の夫の子であり、娘は行方知らずの男との間にできた娘でもあるのに、夫に内緒にして夫の子として産んでしまったというのだ。そして、この事を知っているのは坂井氏だけで、夫も娘も息子も、誰も知らずにいるらしい。

みんなが事実を知ることが幸か不幸かといえば、今更何も知らない方がいいに決まっているが、それにしても、何と淫らな過去を負っている女なんだろう？　だからこそ、ＳＭ嬢として10年もの長い間、５､０００人近い男と体を重ねてくることができたのだろう。

マリはその後のメールで「私のような女がいるからこそ、子どもを堕ろしたりせずに産み、少子化に貢献？しているのだ」と嘘ぶいたらしい。坂井氏は頭の中が大混乱に陥り、もうこの女は救いようがないと考えたようだ。それから数日後、坂井氏はマリの息子と対面し、一緒に会食をしたらしい。マリの娘がマリよりも背が低いのに対し、息子は高１で既に１７５センチもある。性格は姉によく似て大人しく静かで、笑ったときなどは姉にそっくりであった。

その翌朝、マリからメールがあり、息子が風邪を引いたらしく登校途中で引き返してきたので、自分は会社を休んで息子の看病をしたい、そして「今夜、約束したデートは明日以降にしてください」とのメールが来た。勿論、坂井氏はそれを快諾し、今日は一日中、息子を看病するように言ったらしい。

ところが、午後の２時頃「息子の体調はだいぶいいようだ」とのメールがあったのが最後で、それから何回メールしても5時間もの間に1度も返信がなかったらしい。坂井氏はその時、「またも騙された！」ことを実感したらしい。つまり、朝、メールで「息子が体調不良のため休む。今日のデートの約束はキャンセルしてほしい」と言ったのは大嘘で、また例によって、以前の客から午後2時以降にデートをしたい旨の誘いがあったためだろう、と考えたようだ。

昨晩、一緒に食事をしていた時、息子はとても元気そうであったし、風邪をひいているとは、とても思えず、食欲も旺盛であったという。それを、急に体調不良と言ってきたのは、たまたま、坂井氏と初めて息子を会わせたので、今回は息子をダシにして坂井氏を騙したのだろう。最初のうちは、マリの言う通り、息子が本当に病気かと思ったが、昨晩会った時は食欲も旺盛で実に元気だったのに――？　と思いつつもマリの言うことを信じていたらしい。それにしても、約1年も付き合っている間に、一度も息子のいることなど触れず、娘のことしか言わなかった理由がいまだに解らない。そこで坂井氏がふと思ったことは、実は息子がいて、家族3人で暮らすには、結構金がかかる――だから、たまにバイトセックスをして小遣いを稼いでいる、ということを暗に匂わせたのではないか？　と言うのです。

つまり、坂井氏から受け取っている月々の30万円だけでは厳しい、ということを何となく婉曲に表現したかったのではないかと思ったようである。それにしても、別居中の夫からは、毎月10万円ほどと、光熱費などの諸雑費も負担してもらっており、税金のかからない金が合計で40万も入っており、２人の子供がいるとはいえ、生活が苦しい訳はない。どうもマリの言動は理解しにくい。冷静に考えると不自然なことばかりであったようだ。

それから数日間、マリとは一切連絡をとらずにいたのだが、最後にもう一度だけ会い、この１年間を清算する意味で関係をもったらしい。その夜も、いつものようにお互いに熱く燃えたという。ところが、不思議なことにあの神秘的でセクシーな胡蝶蘭がその夜に限って色あせ、陰険な感じで薄汚れ、朽ち果てた胡蝶蘭に変貌していたという。これはいったいどういうことなのか、急に色あせてしまうことなんかがあるのだろうか。部屋の明るさはいつもと同じで変わらないのに、どうしてこんなになってしまったのか？　今回、マリが燃えなかったせいなのか？　いや、確かにマリはいつもと変わらず燃えていたように思う。僅か数日間でこんなにくすんでしまうとは……。

「あなただけを愛しています。私の愛は永遠に変わらない」という花言葉を裏切ってしまったからなのか……。結局この女は過去の薄汚れたＳＭ売春の裏社会から脱け出せず、ときどきつまみ喰いのようなことをしており、かつて関わった男からの誘いがあると、つい断れず会いに行ってしまうのは、金銭欲もさることながら、断りきれない主従関係という、一般人には理解できないSM嬢の優柔不断な、されるがままの受け身体質からきているのか。いずれにしても一人の男（坂井氏）のためにのみ、尽くすことができず、無意識に複数の男と関わってしまう……つまり、性的コントロールができない堕落した女になり下ってしまったようだ。

もともとマリは実に心根は優しいのだが、もうすでにその根っ子が腐ってしまったのだろう。その結果、美しく咲いたヴァギナの胡蝶蘭を枯らしてしまったのだろうか。

もはや、改しゅんの余地はないとみなした坂井氏は、今度こそきっぱりと別れを宣告したという。SM嬢として長い間働いていた女性のほとんどが「自分は売春婦なんだ」という意識などなく、当然のことながら自分のしていることが違法であるなどと考えることも、罪悪意識をもつことなども、ほとんどないらしい。まして自尊心とか羞恥心、貞操感や倫理観など男女の関係において抱くことなどなかったようだ。女の職業として売春婦は人間社会における最低、最悪の職業であることを、マリに何度も何度も言い続けたが、その都度、マリは私もそう思います。そして、私はもう二度とそのようなことはしません、と言うのだが、男の客から誘いのメールがあると、何もかも忘れて、その男のもとに駆けつけてしまうらしい。マリは既に女としての本来の情愛や人間としての誇りすらも失ってしまったのだろうか。

それから９ケ月ほどしたある日、突然マリの娘から坂井氏に電話があり、「昨日、母が亡くなりました」との報告を受けたという。

あまりに急な訃報に一瞬言葉を失った坂井氏は気を取り直して

「何が原因でまた……」

「母は子宮頸ガンの末期だったんです」と言ったらしい。

坂井氏は付き合っている間に何度も「子宮頸ガンの検査を受けるように」と奨めていたらしい。しかし、陰部に胡蝶蘭の刺青がほどこしてあることから、ためらっていたのではないかと思ったようだ。

子宮頸ガンは皮膚と皮膚粘膜の接触によって（性交渉によって）感染するもので、すべての女性の約80％が一生に一度は感染しているものだが、90％以上は体内から自然消滅するため、子宮頸ガンに発展するのは、そのうちの僅か０・１５％位だと言われている。

いずれにしても子宮頸ガンは「ヒトパピローマウイルス（ＨＰＶ）」に感染することによって発症する確率が高いので、とくに不特定多数の異性との性交渉によるものとされているだけに、坂井氏はマリにそのことを何度も告げて検診をするように勧めていたという。

コンドームを使用していれば感染を防ぐ有効な手段ではあるが、それでも完全ではない。ましてマリのように、10年間もの間、コンドームを一度も使用することもなく、延べにして約5、000人もの男性と性交渉をもっており、しかも、その間に一度も性病の検査すらしたことがないというだけに、坂井氏は心配していたという。

普通、子宮頸ガンが発症するまで通常は数年から十数年と長い時間がかかるという。初期の子宮頸ガンではまったく自覚症状がほとんどなく、自分で気づくことはないという。

不正出血やオリモノの増加、性交時の出血に気づいた時は、すでにガンはかなり進行しているともいわれている。

マリは生前、「私の寿命は、あと5年位」などと言っていたが、あれから僅か3年、47歳で故人になってしまうとは、本人は何かを自分なりに予期していたのだろうか？

それにしても、あんな女でも、会えば、なぜかホッとさせるような暖かいものを感じさせてくれたのはなぜだろうか？　あまりにも救いようのない悲しいＳＭ嬢の懺悔なき結末である。

〈完〉

あとがき

２０１３年10月に、米国人の「マスター・Ｋ」なる著者によって「緊縛の文化史」なるものが出版され話題になっている。これは、いわゆるＳＭにおける縛りの歴史が綴られたもので、今日のきわどいＳＭプレイに関しては、ほとんど触れられていない。

われわれ日本人が全く気付いていなかった部分を、ＳＭを通して日本の歴史的な文化と芸術として捉えた膨大な傑作でもある。古くは縄文時代の縄文土器に始まり、江戸時代における犯罪者の捕縄から神道の「崇拝、祈祷、祝賀、畏怖」の対象にまでなっている。

神社や鳥居の「注連縄」、「正月のしめ縄」、「相撲の横綱」、ふんどし、着物の帯、祝儀や法事、法要などの水引、樽酒、綱引きの縄、米俵の縄、松明《たいまつ》、チョンマゲ、風呂敷等に至るまで。また、紐《ひも》や縄跳びの縄などは、日本古来から私たちの日常生活と密接に関わりをもってきたものです。

しかも、これらは日本では神聖なものとして扱われてきました。それがいつの間にか、エロティックな芸術となり、今日ではＳＭプレイとして、セックスの前戯として大衆化し、緊縛の他にムチやローソク、スカトロプレイやアナルセックスに至るまで、様々な小道具が幅広く採り入れられ、最終的には男女がお互いに性感を高め合い、興奮し、悦びを分かち合う前戯のようなものになりました。

本来、これらは愛し合う男女がお互いに信頼し合う仲でのコミュニケーションでなければならず、「精神的にも肉体的にも安全で、健全」でなければなりません。それが、いつの間にかビジネス化し、公然と売春行為を行っているのが現実です。そのために身を汚し、尊い人生を棒にふってしまった何人かのSM嬢がいることも事実です。伝統的な日本の「縄」は本来、極めて神聖なものであったはずです。そのことを私たちは決して忘れてはなりません。

平成28年7月吉日

永井　ひろみ

文芸出版センターについて

本書を発行した文芸出版センターは、普通なら発行しにくい本や写真集を、広く出版する活動を行っています。初めて世の中に出る本や以前制作した本を、日本全国の書店ルートに配本または登録することで、未知の読者に新しい著書を紹介することを喜びとしています。

「自分の思いを本にしたい」という人のために、自費出版とともに新しい協力出版(CP出版)の方式も提唱。同じ原稿でも、クオリティを高く練り上げるのが、出版社の役割だと思っています。

出版について知りたい事、わからない事がありましたら、お気軽にメールをお寄せください。

pro@sonorama.jp　　文芸出版センター 編集部一同

シニアの性 シリーズ

SM嬢の懺悔なき実録
―V《ヴァギナ》に咲いた胡蝶蘭の花―

平成28年8月5日　第1刷発行

著　者　永井ひろみ

発行人　安田 京祐

発　行　文芸出版センター 株式会社
〒104-0061 東京都中央区銀座 7-13-6 ザガミビル2F
TEL 03-3746-1600　FAX 03-3746-1588
メール: pro@sonorama.jp

発　売　株式会社 星雲社
〒112-0005 東京都文京区水道1-3-30
TEL 03-3868-3275(ご注文用)　03-3868-3270(代)
FAX 03-3868-6588

編集・構成/近藤里実、安田ソルト
本文DTP/ワイズ・ファクトリー
印刷/本郷印刷(株)